Nawal el Saadawi
Eine Frau auf der Suche

Nawal el Saadawi
Eine Frau auf der Suche
Erzählung

ins Deutsche übertragen
von
Susanne Aeckerle

Die Deutsche Bibliothek – CIP-Einheitsaufnahme

Sa'dāwī, Nawāl as-:
Eine Frau auf der Suche : Erzählung / Nawal el Saadawi. Aus
dem Engl. von Susanne Aeckerle. – Bremen : Ed. CON, 1993
ISBN 3-88526-161-8

Umschlagmotiv: Amadeo Modigliani „L'Algérienne", 1917
Museum Ludwig, Köln
Lektorat: Reinhard Pogorzelski
Herstellung: Fuldaer Verlagsanstalt, Fulda
© 1991 Zed Books, London
   Deutsche Erstausgabe 1993 in der edition CON im CON
   Literaturvertrieb GmbH, Bremen
© 1992 für die deutschsprachige Ausgabe: Deutscher
   Taschenbuchverlag GmbH & Co. KG, München
Alle Rechte vorbehalten
Printed in Germany
ISBN 3-88526-161-8

Teil eins

Als sie an jenem Morgen die Augen öffnete, fühlte sie eine seltsame Depression in sich aufsteigen; stechende Ameisen schienen durch ihre Adern bis ins Herz zu kriechen, dort wie ein Blutgerinnsel zu verklumpen und bei jedem Heben und Senken ihrer Brust, beim Niesen, beim Husten, bei jedem tiefen Atemzug an den Wänden ihres Herzens zu reiben.

Sie rieb sich die Augen, verstand den Grund für diese Depression nicht. Die Sonne schien so hell wie immer; ihre glühenden Strahlen, die durch das Fenster hereindrangen, fingen sich im Spiegel des Kleiderschranks und warfen rote Flammen auf die weißen Wände. Die Blätter des Eukalyptusbaums glänzten und zitterten wie kleine Fischschwärme, und der Schrank, der Kleiderständer, das Regal – alles stand an seinem gewohnten Platz.

Sie warf die Decke zurück, sprang auf und ging direkt zum Spiegel. Warum schaute sie, kaum daß sie wach war, in ihr Gesicht? Sie wußte es nicht, wollte nur sichergehen, daß ihr während des Schlafens nichts Schlimmes geschehen war... daß sich nicht etwa ein Stück aus dem Weiß ihres Auges gelöst hatte und in das Schwarz ihrer Pupille eingedrungen oder ein Fleck auf ihrer Nasenspitze erschienen war.

Im Spiegel erblickte sie das gleiche Gesicht, das sie jeden Tag sah: braune Haut von der Farbe milchigen Kakaos, eine breite Stirn, in die eine Locke krausen schwarzen Haars hing, grüne Augen mit kleinen schwarzen Pupillen, eine lange gerade Nase und ein Mund.

Schnell sah sie weg. Sie haßte ihren Mund, denn er war es, der ihr Gesicht verdarb; diese häßliche, unförmige Öffnung; als wären ihre Lippen zu wenig oder ihr Kiefer zu viel gewachsen. So oder so, ihre Lippen schlossen sich nicht von selbst, und durch diesen permanenten Spalt blitzten große weiße Zähne.

Sie verzog die Lippen und sah sich in die Augen, wie

immer, wenn sie versuchte, ihren Mund zu ignorieren. In ihren Augen war ein gewisses Etwas, ein Etwas, das sie von anderen Frauen unterschied, wie Farid immer sagte.

Der Name Farid hallte in ihrem Kopf wider. Der Schleier des Schlafes hatte sich plötzlich gehoben; sehr klar und mit absoluter Gewißheit erinnerte sie sich an das Geschehen des gestrigen Abends. Und nun wußte sie auch den Grund für die Depression, die ihr Herz bedrückte: Farid hatte die Verabredung gestern abend nicht eingehalten.

Als sie sich vom Spiegel abwandte, fiel ihr Blick auf das Telefon, das auf dem Regal neben ihrem Bett stand. Sie zögerte einen Moment, ging hinüber zum Bett, setzte sich und starrte das Telefon an. Sie legte einen Finger auf die Wählscheibe, um die fünf Ziffern zu wählen, zog die Hand wieder zurück und ließ sie neben sich aufs Bett fallen. Wie konnte sie ihn anrufen, nachdem er sie ohne Entschuldigung hatte sitzen lassen? Hatte er das absichtlich getan? War es möglich, daß er sie nicht mehr sehen wollte? Daß es vorbei war mit seiner Liebe? Vorbei und zu Ende, so wie alles endet, mit oder ohne Grund? Und wenn es vorbei war, welchen Sinn hatte es, wissen zu wollen, warum? Davon abgesehen, hätte sie den Grund überhaupt verstanden? Sie wußte ja nicht einmal, warum es begonnen hatte. Er sagte immer, er sehe etwas in ihren Augen, etwas, das er in den Augen anderer Frauen nicht sehe, etwas, das sie von anderen Frauen unterscheide.

Sie stand auf, ging zurück zum Spiegel und schaute erneut prüfend in ihre Augen, suchte nach diesem Etwas und sah zwei weit geöffnete, weiße Ovale, in denen zwei kreisrunde grüne Scheiben schwammen, jede mit einem kleinen schwarzen Kern in der Mitte. Augen wie andere auch, wie die einer Kuh oder eines geschlachteten Kaninchens!

Wo war dieses Etwas, das Farid sah? Das sie selbst gesehen hatte – mehr als einmal gesehen hatte in den zwei grünen Kreisen; etwas, das deutlich und lebhaft aus ihnen hervorleuchtete, etwas, das ein eigenes Leben zu haben schien. War es verschwunden? Wie? Sie erinnerte sich weder, wie es verschwunden noch, ob es überhaupt von diesen zwei grünen Kreisen ausgegangen war. Vielleicht war es von sonst etwas ausgegangen, von ihrer Nase, von ihrem Mund? Nein, nicht von ihrem Mund, dieser häßlichen Öffnung...

Da war gar nichts. Nichts ging von ihr aus. Farid hatte gelogen. Warum? Er log wie andere auch. Was war ungewöhnlich daran? Nur, daß Farid nicht irgendwer war. Er war anders, unterschied sich von anderen. Wodurch? Sie wußte es nicht genau. Aber es war etwas in seinen Augen, das ihr das Gefühl gab, er sei anders. Ja, etwas in seinen Augen, das sie in den Augen anderer Männer nicht sah, etwas, das aus seinen braunen Augen hervorleuchtete, deutlich und lebhaft wie etwas Lebendiges. Was war es? Sie erinnerte sich nicht, wußte es nicht, aber sie hatte es gesehen, ja, sie hatte es gesehen.

Sie deutete mit einem Finger auf ihre Augen und stieß an den Spiegel. Sie fuhr zusammen und schaute auf die Uhr. Es war acht. Rasch wandte sie sich vom Spiegel ab; es war Zeit, ins Ministerium zu gehen.

Vor dem Schrank zögerte sie erneut, denn das Wort „Ministerium" war direkt mit der Luft in ihre Nase gedrungen wie ein Splitter von Schuld. Sie versuchte, den Splitter auszuschnauben, doch als sie Luft holte, wurde er hinuntergedrückt in ihren Brustkorb, nistete sich in dem Dreieck unterhalb ihrer Rippen ein, genauer gesagt, vor dem Eingang ihres Magens.

Sie wußte, er würde sich dort einnisten, auf diesem fruchtbaren Feld grasen, sich mästen und anschwellen. Ja, er schwoll täglich an und drückte scharf auf ihren Magen, der oft versuchte, ihn auszustoßen, seine Muskeln zusammenzog und wieder lockerte, um sich von allem zu befreien, was tief in ihm verborgen lag. Doch der Stachel blieb, stach in ihre Magenwand wie eine Nadel, verbiß sich mit seinen Zähnen darin wie ein Bandwurm.

Sie ging ins Badezimmer, spürte den chronischen Schmerz unter ihren Rippen, wollte sich übergeben, doch es ging nicht. Sie lehnte ihren Kopf an die Wand. Sie war krank, wirklich krank, nicht vorgetäuscht. Sie konnte nicht ins Ministerium gehen.

Energie strömte durch ihren schlanken Körper, und sie lief zum Bett zurück, sprang hinein und zog die Decke über den Kopf. Beinahe hätte sie die Augen geschlossen und wäre eingeschlafen, aber ihr fiel ein, daß sie den Abteilungsleiter anrufen und sich für ihre Abwesenheit entschuldigen mußte.

Sie zog das Telefon zu sich heran, nahm den Hörer ab und legte sofort wieder auf, weil sie sich erinnerte, daß sie bereits all ihre Krankheitstage verbraucht hatte. Keine Krankheit konnte sie mehr entschuldigen, nicht einmal der Tod würde ihr einen freien Tag verschaffen. Sie könnte behaupten, all ihre Angehörigen seien plötzlich einer nach dem anderen gestorben und nur sie sei noch am Leben; sie war immer noch in den Dreißigern, an ihren Tod würde der Abteilungsleiter nicht so ohne weiteres glauben.

Erneut zwang sie ihren widerstrebenden Körper aus dem Bett, drückte die Finger in den Magen. Sie warf dem Spiegel im Vorbeigehen einen kurzen Blick zu und zog sich an. Sie ging zur Tür, öffnete sie und hörte die kraftlose Stimme ihrer Mutter aus der Küche sagen:

„Trinkst du deinen Tee nicht?"

„Ich habe keine Zeit."

Sie ging hinaus und schloß die Tür hinter sich. Den Blick nach innen gerichtet, nahm sie auf der belebten Straße nichts wahr. Sie hätte mit jemandem zusammenstoßen oder gegen eine Wand laufen können, aber ihre Füße bewegten sich aus eigenem Antrieb und mit exakter Kenntnis vorwärts, traten auf den Bürgersteig hinauf und wieder hinab, vermieden ein Loch, umgingen einen Ziegelhaufen, als hätten sie Augen.

An der Bushaltestelle blieben die Füße stehen. Die dichte Menge der Körper umdrängte sie, jemand trat ihr auf den Fuß und zerquetschte ihn fast, doch sie spürte nur den Druck auf ihren Schuh. Daß sie sich im Bus befand, nahm sie erst an dem Vibrieren ihres Körpers und diesem eigentümlichen Geruch wahr. Sie wußte nicht genau, was für ein Geruch es war; er war seltsam; sie wußte nicht, woher er kam, denn er hatte nicht nur eine Quelle, etwa die Achselhöhlen, die dunklen Höhlen der Münder oder die Schuppen, die an schmierigen Haaren klebten.

Etwas drückte scharf gegen ihre Schulter. Sie hatte es schon zuvor bemerkt, aber ignoriert, denn warum sollte sie bei dem Drücken und Drängeln von allen Seiten ausgerechnet ihrer Schulter besondere Aufmerksamkeit schenken? Doch eine hartnäckige Stimme hämmerte ihr ins Ohr, als wolle sie einen Nagel hineintreiben: „Fahrkarte". Ein leichter Speichelregen traf ihr Gesicht. Sie öffnete ihre Tasche mit fliegenden Fingern, denn der Mann starrte sie finster wie ein Polizist an, der einen Dieb erwischt hat und murmelte etwas von „Verantwortung" und „Gewissen".

Sie fühlte, wie ihr Gesicht errötete, nicht wegen dieser beiden Worte – allein und ohne Zusammenhang hatten sie keine Bedeutung –, sondern weil alle die Augen auf sie gerichtet hatten, in allen ein seltsamer Blick, als fühlten sie sich tief im Herzen ebenfalls beschuldigt. Aber da sie wußten, daß sie nicht bestraft würden, waren sie voll geheimer Schadenfreude gegenüber der einen, die es getroffen hatte.

Sie wurde beschuldigt, und solange das so war, hatte sie jegliches Recht auf Respekt verwirkt. Die Augen der Männer ergriffen Besitz von ihrem Körper in der Art, wie sie die Körper Prostituierter abschätzen. Etwas stieß sie vorwärts. Sie verkroch sich in ihrem Mantel, verbarg den Kopf in seinem breiten Kragen. Ihre Füße berührten kaum den

Boden, gaben ihren Körper der anschwellenden Woge anderer Körper preis, die zur Tür drängten. Für einen flüchtigen Augenblick war sie sich eines gewaltsamen Drucks bewußt, wie ein Blatt oder ein Schmetterling, zwischen Bücher gepreßt. Plötzlich ließ der Druck nach, und ihr Körper flog einer Feder gleich durch die Luft, schlug wie ein Stein auf dem Boden auf.

Sie erhob sich und klopfte den Staub von ihrem Mantel. Als sie sich umsah, war sie erfreut, sich an einem Ort wiederzufinden, den sie nie zuvor gesehen hatte. Es war, als sei ihr Körper, als er durch die Luft flog, in eine andere Welt befördert worden. Doch rasch verflog ihre Freude, als sie nur ein paar Schritte entfernt das rostige Eisengitter sah. Der verborgene Stachel drehte sich in ihrer Magenwand. Sie öffnete den Mund, um ihn auszuspeien, doch von außen drang heiße, trockene Luft zwischen ihren Lippen herein. Eine kleine Träne trocknete in ihrem rechten Augenwinkel fest und kratzte wie ein Sandkorn.

Sie blickte auf und sah hinter den eisernen Gitterstäben das schwarze Gebäude, übersät mit gelben Flecken, die den ursprünglichen Anstrich verschandelten. Sie war sich fast sicher, daß zwischen ihrem tiefen Verlangen, sich zu übergeben, und diesem Gebäude eine Verbindung bestand; denn jedesmal, wenn sie an es dachte, überkam sie dieses Gefühl, wurde immer stärker, je näher sie ihm kam und erreichte den Höhepunkt, wenn sie direkt davor stand.

Vor dem eisernen Gittertor blieb sie stehen, schaute sich um, zögerte hineinzugehen. Wenn sie noch einen Moment wartete, wer weiß? Vielleicht würde in eben diesem Moment eine Bombe auf das verhaßte Gebäude niedergehen; oder jemand ließ einen brennenden Zigarettenstummel in den Aktenschrank fallen? Oder die ausgebrannte Pumpe in der Brust des Abteilungsleiters käme ins Stottern und er hätte einen Herzanfall!

Doch der Augenblick verstrich und nichts geschah. Sie

trat mit einem Fuß durch das Tor, den anderen ließ sie auf der Straße. Wer konnte wissen, was vom einen zum anderen Augenblick passieren würde? Viele Dinge geschehen von einem Moment zum anderen. Tausende sterben, Tausende werden geboren, Vulkane brechen aus, Erdbeben verschütten Städte. Viele Dinge im Leben geschehen von einem Moment zum nächsten, mehr, als die Menschen sich vorstellen, denn die Menschen stellen sich nur das vor, was sie kennen, was sie verstehen. Wer weiß, was es bedeutet, wenn eine Rakete plötzlich abgefeuert wird? Eine Rakete mit atomarem Sprengkopf? Was würde verschüttet, wenn sie vom Himmel fiele? Wissen die Menschen, daß Millionen von Sternen den Himmel schmücken, die größer, viel größer sind als die Erde? Und daß eines dieser dort schwebenden Juwele, fiele es auf die Erde herab, diese vollständig verschlucken würde? Oder bliebe am Ende allein dieses häßliche Gebäude übrig? Würde der Abteilungsleiter auf seinem Bürostuhl durchs All schweben, seine Fingerspitze anlecken und sorgfältig die Seiten der Anwesenheitsliste umblättern? So etwas war unvorstellbar. Sie lächelte, sagte sich, ja natürlich, das ist unvorstellbar. Doch ihr Lächeln gefror, als sie merkte, daß sie wirklich und wahrhaftig bei vollem Verstand den Innenhof des Ministeriums betreten hatte.

Sie blieb stehen, groß und schlank, starrte wild um sich, panisch, als habe ihr Fuß sie in ein Minenfeld gelenkt. Ihr fiel eine plötzliche Bewegung im Hof auf. Ein glänzender schwarzer Wagen mit roter Innenverkleidung rauschte durch den Innenhof, als glitte er durch Wasser; sie sah zu, als er wie ein großer Wal vor den weißen Marmorstufen zum Stehen kam. Zu beiden Seiten der Stufen stand eine Reihe von Statuen, in gelbe Uniformen gekleidet.

Woher waren die Statuen in diesem einen, kurzen Augenblick gekommen? Vielleicht waren sie schon immer dort gewesen, und sie hatte sie nie bemerkt? So viele Dinge bemerkte sie nicht, obwohl es sie gab. Hatte sie zum Beispiel jemals die untadelig weißen Marmorstufen wahrgenommen?

Ihre Augen weiteten sich vor Erstaunen, als eine der Statuen ihren Platz verließ und zu dem Wagen schritt. Nicht schritt im eigentlichen Sinn, sondern abgehackt und zuckend wie ein Roboter, die obere Hälfte des Körpers exakt zur unteren abgewinkelt, als sie einen langen, steifen Arm ausstreckte und die Wagentür öffnete...

Sie blinzelte, um das Sandkorn aus dem rechten Augenwinkel zu bekommen, doch es drückte sich nur tiefer ein. Aus tränenden Augen bemühte sie sich zu erkennen, was aus dem Wagen auftauchen würde. Als erstes sah sie die schwarze Spitze eines Männerschuhs, der am Ende eines dünnen graugekleideten Beines steckte, dann einen großen, weißen, kegelförmigen Kopf mit einem kleinen kahlen Fleck obendrauf, der die Sonne wie ein Spiegel reflektierte; eckige graue Schultern tauchten als nächstes auf, gefolgt von dem zweiten kurzen, dünnen Bein ... Dieser Körper, der da Glied für Glied herauskam, erinnerte sie an eine Geburt, die sie als Kind gesehen hatte. Der Wagen stand immer noch, sein gewölbtes schwarzes Dach zeichnete sich als Silhouette gegen die weißen Marmorstufen ab.

Sie sah den Körper mühsam die Stufen hinaufsteigen. Auf jeder Stufe blieb er stehen und legte den Kopf zurück, als müsse er zu Atem kommen. Der große Kopf schwankte, als würde er gleich abfallen, aber er blieb sicher auf dem Hals sitzen.

Zeitweilig hatte sie das Gefühl, den Körper durch ein Verkleinerungsglas zu betrachten, in ihm den Däumling aus den Geschichten ihrer Großmutter zu erkennen. Dann wieder überlagerte das Vorhandensein dieses Körpers ihre Verstörtheit, und er entpuppte sich als der Staatssekretär des Biochemieministeriums, in dem sie angestellt war.

Die geräumige Halle schluckte ihn, der Wagen glitt davon, die Statuen entspannten und lockerten sich. Sie gingen mit beweglichen Beinen zu der hölzernen Bank neben den Stufen und setzten sich. Als sie vorbeiging, starrten sie ihr ins Gesicht, leer, mit halbgeöffneten Mündern und halbgeschlossenen Augen. Einer stopfte ein Stück Brot in den Mund, ein anderer langte nach einem Teller mit braunen Bohnen unter der Bank.

Sie überquerte den offenen Hof und ging zur Rückseite des schwarzen Gebäudes, die wie alle Rückseiten dreckiger, grober, roher war. Sie blieb vor der kleinen Holztür stehen, die von einem Wirrwarr schwärzlichen Geschmiers bedeckt war, einschließlich menschlicher Hand- und Fingerabdrücke und den Buchstaben einzelner Wortfragmente. Sie sah das Wort „Wähl...", doch Schmutz hatte den Rest überdeckt.

Sie ging den schmutzigen, engen Korridor entlang und stieg wie ein Automat die Treppe hinauf, wobei ihre geübten Füße die fehlende Stufe übersprangen, ihr Körper dem Eisenstab auswich, der aus dem Geländer ragte. Im vierten Stock angekommen, bog sie nach rechts und durchquerte den langen Flur. Scharfer Uringeruch drang in ihre Nase, und sie wandte den Kopf von der Toilettentür ab; direkt daneben war die Tür zu ihrem Büro.

Sie ging zu ihrem Schreibtisch hinüber und setzte sich. Aus einer Schublade zog sei ein kleines Tuch, wischte den Staub vom Tisch und ließ so den schwarzen Anstrich zum Vorschein kommen. Er war an vielen Stellen abgeplatzt und enthüllte die ehemals weiße Farbe darunter. Sie legte das Tuch zurück, schaute auf und sah die drei anderen Tische eng an eng stehen; drei mumifizierte Köpfe ragten hinter ihnen hoch ...

Der Uringeruch hielt sich in ihrer Nase, doch nun gesellte sich noch ein anderer hinzu: der schale Geruch eines ungelüfteten Schlafzimmers. Sie stand auf, um das Fenster zu öffnen, aber eine rauhe Stimme – mehr wie das Grunzen eines kranken Tiers – sagte: „Es ist kalt. Nicht aufmachen!"

Sie kehrte an ihren Schreibtisch zurück, nahm eine große

Kladde heraus und betrachtete den dicken Einband. In ihrer eigenen Handschrift stand auf einem kleinen, weißen Schild „Biochemische Forschung". Die Buchstaben waren mit Sorgfalt und Eleganz in Tinte geschrieben, gestochen scharf; sie erinnerte sich, wie sie für jeden einzelnen die Feder niedergedrückt hatte. Die Feder war neu gewesen, das Tintenfaß auch, und sie erinnerte sich noch immer an den Geruch der Tinte. Ja, obwohl es schon sechs Jahre her war, erinnerte sie sich immer noch an den Geruch und die Krümmung ihrer Finger, als sie die Buchstaben herausgepreßt hatte. Sie hatte den Vertrag für den neuen Job in der biochemischen Forschungsabteilung unterschrieben, und ihre Finger hatten gezittert, als sie ihren Namen unter das offizielle Dokument setzte; zum ersten Mal hatte sie ein offizielles Dokument unterschrieben, zum ersten Mal war ihre Unterschrift von offizieller Bedeutung gewesen.

Sie öffnete den Deckel der Kladde, deren Inneres schon gelb wurde. An einem dünnen Metallstreifen war ein einzelnes weißes Blatt befestigt, das nicht eine einzige Zeile enthielt. Sie schloß die Kladde und legte sie zurück in die Schublade, hob den Kopf zum Himmel, doch ihre Augen wurden von der Decke des Raumes aufgehalten. Sie stand auf, ging zum Fenster und schaute durch die schmutzigen Scheiben in den Himmel.

Irgend etwas am Himmel beruhigte sie. Vielleicht war es die unfaßbare Weite, vielleicht das tiefe, beständige Blau; oder es war, weil der Himmel sie an Farid erinnerte.

Sie wußte nicht, was der Himmel mit Farid zu tun hatte, aber sie wußte, daß es da eine Verbindung gab. Vielleicht die, daß der Himmel immer da war, wenn Farid da war, oder daß er auch da war, wenn Farid nicht da war? Farid war gestern Abend nicht gekommen. Zum ersten Mal hatte er eine Verabredung nicht eingehalten. Er hatte nicht angerufen, sich nicht entschuldigt. Was war passiert?

Der Himmel, ruhig und still, schien mit ihm in heimlichem Einverständnis zu sein. Die weißen Wolken schwebten gleichgültig weiter, und die Baumwipfel erhoben sich über die fernen dunklen Gebäude.

Farid war aus einem bestimmten Grund nicht erschienen. Alles im Leben geschieht aus einem bestimmten Grund. Die Dinge mögen sich scheinbar grundlos ereignen, aber früher oder später kommt der Grund zum Vorschein. Doch was war der Grund? Ein Unfall oder eine Krankheit oder der Tod eines ihm Nahestehenden? Oder irgend etwas anderes? Sie trommelte mit den Fingern an die Fensterscheibe. Ja, vielleicht war da etwas anderes – etwas, das Farid verbergen wollte. Er pflegte Dinge zu verbergen, er versteckte Papiere in seinem Schreibtisch, und manchmal schloß er die Tür, wenn er telefonierte.

Solche Dinge waren normal und nicht der Erwähnung wert. Jeder hat Geheimnisse. Alte Liebesbriefe, unbezahlte Rechnungen, Pachtverträge für ein Stückchen Land, ein Bild der Mutter in *Galabiya* und Holzschuhen oder eines von sich selber als Kind mit einem *Tarbush*, dem die Quaste fehlt. Ja, es gab immer Dinge, die man in einer Schublade verbarg, Dinge, die man nicht ständig brauchte. Sie in einem verschlossenen Schubfach unten im Schreibtisch aufzubewahren, war völlig normal. Aber die langen Telefongespräche hinter verschlossenen Türen ... wie erklärten sich die?

Sie bohrte den Absatz ihres Schuhs in den hölzernen Fußboden, und er blieb in einem scharfkantigen Loch im Holz hängen. Sie zog, um ihn freizubekommen und er rutschte ihr vom Fuß. Sie bückte sich, zog den Absatz heraus, blickte sich um, aber die drei gebeugten Köpfe hatten sich kaum bewegt. Sie sah auf die Uhr. Es war halb elf – noch dreieinhalb Stunden, bis sie diese Gruft verlassen konnte. Sie setzte sich einen Moment an den Schreibtisch, schaute erneut auf die Uhr; die dünnen Zeiger waren festgewachsen. Sie schob ihre Tasche unter den Arm, stand auf und ging hinaus.

Am Ende des Korridors zögerte sie kurz, bevor sie die

Treppe hinab ging. Sie überlegte, ob sie in den fünften Stock hinaufgehen sollte, um sich beim Abteilungsleiter für ihr frühes Gehen zu entschuldigen und setzte schon einen Fuß auf die Treppe nach oben. Doch dann lief sie doch schnell die Treppe hinunter, zuckte die Schultern und vergrub ihren Kopf im breiten Kragen ihres Mantels.

Bald ließ sie das Eisengitter hinter sich, erreichte die breite, belebte Straße und hob den Kopf aus dem ihn verbergenden Kragen. Die Sonnenwärme auf ihrem Rücken war angenehm und wäre noch wohltuender gewesen, hätte da nicht die Schwere auf ihrem Herzen gelastet. Sie sah eine Frau auf dem Pflaster sitzen, ihre leere Hand ausgestreckt, ein kleines Kind im Schoß. Die Sonne badete ihren ganzen Körper, während sie ruhig und still dasaß. Sie lief weder vor dem Ministerium davon noch war ihr das Herz schwer wegen solcher Sorgen.

Mitten in der eiligen Menge erblickte sie eine große schlanke Frau, die ihr ähnelte. Sie ging schnell, drängte vorwärts, als wolle sie am liebsten rennen, fände das aber doch zu auffällig. Eine Tasche schwang an ihrer Hand, eine schwarze Ledertasche, wie Ärzte oder Anwälte oder Regierungsbeamte sie tragen; zweifellos war sie gefüllt mit wichtigen Papieren. Die Frau winkte ein Taxi heran, sprang hinein und verschwand. Sie wußte, wohin sie wollte, und ihre Bewegungen waren behend und energisch. Bestimmt war sie sehr tüchtig, sehr beschäftigt, sehr engagiert. Sie hatte einen wichtigen Posten und war glücklich damit, zufrieden mit sich selbst, fühlte sich wichtig. Ja, die große, schlanke, junge Frau war wichtig.

Fest schloß sie ihre Lippen, schluckte hart. Jemand so Wichtiges wie die würde nicht müßig und ziellos in den Straßen herumlaufen. Sie war neidisch; ja, Neid war das richtige Wort, ihre Gefühle in diesem Augenblick zu beschreiben. Sie war sich der Bedeutung des Wortes „Neid" nicht sicher, doch sie hatte es geerbt, wie sie ihre Nase, ihre

Arme und ihre Augen geerbt hatte. Sie wußte, daß Neid ein nach außen gerichteter Akt ist, daß sie nicht neidisch auf sich selbst sein konnte, daß Neid einen anderen Menschen erforderte, einen Menschen, der beneidenswerte Eigenschaften besaß, etwas Wichtiges, nicht etwas Wichtiges an sich, sondern wichtig für sie.

Sie steckte die Hand in die Manteltasche und spielte mit den Löchern im seidenen Futter, als würde sie nach etwas Wichtigem in sich selbst suchen. Plötzlich entdeckte sie, daß es nichts Wichtiges an ihr gab. Doch es war keine eigentliche Entdeckung, sie war auch nicht plötzlich, eher ein langsames, schleichendes, undeutliches Gefühl, das vor einiger Zeit begonnen hatte, vielleicht nach ihrer Graduierung, vielleicht nach Aufnahme ihrer Arbeit im Ministerium, vielleicht erst gestern, als sie das Restaurant betreten und den Tisch leer vorgefunden hatte, vielleicht heute früh, als ihr beim Sprung aus dem Bus dieses spitze Ding zwischen die Beine gefahren war.

Sie schluckte bitteren Speichel und bewegte ihre trockene Zunge, während sie sich selbst fast hörbar zuraunte: „Ja, ich bin nichts." Sie hätte es wiederholt: „Ja, ich bin nichts", doch ihre Lippen preßten sich zusammen und die Worte erstarben in ihrem Mund, wo sie wie Säure brannten.

Sie hob den Kopf und wandte ihre Augen forschend zum Himmel, als würde sie etwas suchen. Ja, sie suchte etwas. Sie erinnerte sich an die Stimme ihrer Mutter: „Möge der Herr dir Erfolg schenken, Fouada, meine Tochter, und mögest du eine große Entdeckung in der Chemie machen." Sie sah, daß das Blau pockennarbig war und weiße Wolken unbeteiligt darüber hinwegzogen. Sie senkte den Kopf und flüsterte: „Dein Hoffen ist vergebens, Mutter, und dein Flehen prallt am Schweigen des Himmels ab."

Sie biß sich auf die Lippe. Eine große Entdeckung in der Chemie! Was wußte ihre Mutter schon von Chemie? Was wußte sie von irgendwelchen Entdeckungen? Fouada war ihre einzige Tochter, auf die sie all ihre verpaßten ehrgeizigen Ziele übertragen hatte, und sie dachte nicht wie die anderen Mütter ihrer Generation ständig an Heirat. Ihre Ambitionen waren nicht die bei Frauen üblichen. Bevor sie verheiratet wurde, war sie zur Schule gegangen und hatte vielleicht Geschichten oder einen Roman über ein gebildetes Mädchen gelesen, das berühmt geworden war, vielleicht die Geschichte von Madame Curie oder einer anderen berühmten Frau. Aber eines Morgens hatte sie die Augen geöffnet und das Schulkleid nicht dort hängen sehen, wo sie es abends zuvor hingehängt hatte; und die barsche Stimme ihres Vaters hatte gesagt: „Du wirst nicht mehr zur Schule gehen." Sie war weinend zu ihrer Mutter gelaufen und hatte nach dem Grund gefragt. Der Grund war ihre Verehelichung. Das hatte ausgereicht, ihren Mann vom ersten Augenblick an zu hassen, und sie haßte ihn, bis er starb. Nach seinem Tod, als Fouada noch in der Sekundarschule war, hatte die Mutter ihr, während sie ihr weiches schwarzes Haar vor dem Spiegel kämmte und auf ihre schlanke Figur blickte, gesagt:

„Deine Zukunft liegt im Studium, meine Tochter. Männer taugen zu nichts."

Ihre Mutter hatte gehofft, Fouada würde Medizin studieren, doch ihre Abschlußnoten am Ende der Sekundarschule waren zu schlecht. Vielleicht hatte sie nicht eifrig genug gelernt, oder es lag daran, daß sie im Geschichtsunterricht neben dem Fenster saß und ihre Augen zu dem hohen Baum wandern ließ, der mit großen, roten Blüten übersät war wie ein Turban voll roten Kupferstaubs. Dort im Geschichtsunterricht hatte sie entdeckt, daß sie die Farbe zerstoßenen roten Kupfers liebte, daß sie Chemie liebte und Geschichte haßte. Sie konnte weder all die Namen der Könige und Pharaonen behalten, die einst Ägypten regiert hatten, noch konnte sie verstehen, warum die Lebenden ihre Zeit mit den Heldentaten der Toten verschwenden sollten. Ihr Vater war tot, und sie hatte sich vielleicht ein wenig gefreut, als er starb, obwohl es keinen besonderen Grund dafür gab; ihr Vater war in ihrem Leben nichts Besonderes gewesen. Er war nur ein Vater, aber sie war glücklich, weil sie spürte, daß ihre Mutter glücklich war. Einige Tage später hörte sie die Mutter sagen, er habe zu nichts getaugt. Sie war völlig überzeugt von ihren Worten. Wozu hatte ihr Vater schon getaugt.

Sie sah ihren Vater nur an den Freitagen. Gewöhnlich kam er nach Hause, wenn sie schon schlief und ging, bevor sie aufwachte, und das Haus war alle Tage bis auf Freitag ruhig und sauber. Ihr Vater überschwemmte das Badezimmer, wenn er ein Bad nahm, verbreitete die Nässe im gesamten Wohnzimmer, wenn er das Bad verließ, verstreute überall seine schmutzige Wäsche, erhob von Zeit zu Zeit seine barsche Stimme, hustete und spuckte viel und putzte sich laut die Nase. Sein Taschentuch war riesig und immer schmutzig. Die Mutter warf es in kochendes Wasser und sagte zu ihr: „Damit werden wir die Bazillen los." Damals wußte Fouada noch nicht, was „Bazillen" waren, aber sie hörte ihre Biologielehrerin im Unterricht sagen, daß es kleine, schädliche Dinger waren. An jenem Tag hatte die Biologielehrerin die Klasse gefragt: „Wo kann man diese Dinger finden, Kinder?" Die Klasse blieb stumm und niemand hob die Hand, doch Fouada hoh ihre selbstsicher und stolz. Die Lehrerin lächelte ob ihres Mutes und fragte freundlich: „Weißt du, wo Bazillen zu finden sind, Fouada?" Fouada stand auf, erhob ihren Kopf über alle anderen Mädchen und sagte mit lauter, selbstsicherer Stimme: „Ja, Fräulein. Bazillen findet man im Taschentuch meines Vaters."

* * *

20

Fouada war zu Hause, in ihrem Schlafzimmer, saß auf dem Rand des Bettes und starrte das Telefon an. Sie hatte keine Ahnung, wie sie hierher gekommen war oder wie ihre Beine sie an den richtigen Haltestellen in den Bus hinein und wieder hinaus befördert hatten, sie von der Haltestelle nach Hause getragen hatten; und dies alles aus eigenem Antrieb, ohne ihr Wissen. Doch sie dachte nicht weiter darüber nach, denn sie hielt es für keine spezielle Eigenschaft oder Besonderheit ihrer Beine. Die Beine eines Esels taten still und leise das gleiche.

Sie griff nach dem Telefon, streckte den Finger aus und wählte die vertrauten fünf Ziffern. Sie hörte das Läuten und lehnte sich gegen das Kopfteil des Bettes, bereitete sich auf eine längere Rüge vor. Doch das Läuten hörte nicht auf. Sie schaute auf die Uhr. Mittag. Farid verließ das Haus nie vor ein oder zwei Uhr. Las er im Bett? Zwischen seinem Schlafzimmer und dem Arbeitszimmer, in dem das Telefon stand, lag ein langer Flur. War er im Badezimmer und konnte das Telefon durch die geschlossene Tür nicht hören? Sie blickte zum Fenster hinauf und sah einen Zweig des Eukalyptusbaums an der Scheibe spielen. Auch Bäume können spielen. Sie hielt den Hörer immer noch an ihr Ohr gepreßt, es klingelte immer noch laut. Ihr fiel etwas ein und sie legte kurz auf, nahm den Hörer wieder hoch, wählte erneut die Nummer, achtete sorgfältig darauf, daß ihr Finger die korrekte Abfolge einhielt. Sofort, nachdem sie die fünf Ziffern gewählt hatte, drang das Läuten wie ein scharfes Geschoß in ihr Ohr. Lange hielt sie den Hörer ans Ohr gepreßt; lange genug, daß jemand Zeit hatte, aus dem Badezimmer zu kommen oder aus dem Schlaf zu erwachen. Ihr kam eine neue Idee, sie legte kurz auf, nahm den Hörer wieder hoch und rief die Vermittlung an. Sie fragte, ob die Leitung defekt sei. Einen Augenblick später antwortete eine freundliche Stimme:

„Der Anschluß ist in Ordnung. Ich habe Sie durchgestellt."

Das metallische Läuten drang erneut in ihr Ohr, scharf, laut, ununterbrochen. Sie legte auf, lehnte ihren Kopf gegen das Kissen und starrte aus dem Fenster.

Nie zuvor hatte sie über ihre Beziehung zu Farid nachgedacht; sie hatte sie einfach nur gelebt. Es war nicht Raum genug für beides – entweder sie leben oder über sie nachdenken. Farid war immer beschäftigt, verbrachte Stunden mit seinen Büchern und Papieren, las entweder oder schrieb etwas, das er sorgfältig in der Schublade seines Schreibtisches verschloß. Er ging jeden Abend aus und blieb lange weg. Manche Nächte verbrachte er nicht zu Hause. Sie fragte nie, wohin er ging, wollte nicht die Rolle der inquisitorischen Ehefrau annehmen, wollte in keiner Hinsicht die Rolle der Ehefrau annehmen. Sie schätzte ihre Freiheit, ihr eigenes Zimmer, ihr eigenes Bett, ihre eigenen Geheimnisse, ihre eigenen Fehler – die keine wirklichen Fehler waren. Manchmal gefiel es ihr, zu verschwinden und Farid im Unklaren zu lassen, wohin sie ging. Sie genoß es, Worte der Bewunderung aus dem Munde eines Mannes zu vernehmen, ein köstlicher, aber niemals überraschender Genuß, denn sie war sicher, etwas in ihr verdiene die Bewunderung. Aber Farid war der Mittelpunkt ihres Lebens. Die anderen Tage schluckte sie wie eine Dosis bitterer Medizin, doch dann kam der Dienstag mit all seiner wundersamen Großartigkeit. Denn dienstags traf sie sich mit Farid. Jeden Dienstag, um acht Uhr abends, in einem kleinen Restaurant, wenn es draußen warm war, oder bei ihm zu Hause an kalten Winterabenden. Wie viele Winter hatte ihre Beziehung schon gesehen? Sie wußte es nicht genau, wußte nur, daß sie Farid schon lange, schon sehr lange kannte.

Wie viele Winter waren vergangen, wie viele Dienstage! Und jeden Dienstag hatte Farid auf sie gewartet, nicht einmal hatte er sie belogen. Wenn er auch gewisse Dinge vor ihr verbarg, belog er sie doch nie, selbst als sich die Frage der Heirat irgendwann ergeben hatte. Er hatte sie aus leuchtenden braunen Augen angesehen und gesagt: „Ich kann niemals heiraten." Hätte ein anderer Mann ihr das gesagt, hätte sie ihm mißtraut oder es als eine Beleidigung angesehen. Aber Farid war anders, mit ihm war alles anders. Selbst Worte verloren ihre vertraute, angestammte Bedeutung und die Bezeichnungen für bestimmte Dinge konnten plötzlich unzutreffend, bedeutungslos werden. Das Wort „Würde" zum Beispiel. Was bedeutet es? Seine Selbstachtung zu bewahren? Vor wem? Vor anderen? Ja. Es muß andere geben, vor denen die Selbstachtung geschützt werden muß.

Aber zwischen ihr und Farid gab es keine „anderen" oder irgend so etwas wie ihr Selbst gegen sein Selbst. Sie teilten alles in Liebe, auch ihr Selbst – sie wurde er und er wurde sie. Er schützte ihre Rechte und sie die seinen. Etwas Seltsames, etwas Außergewöhnliches geschah zwischen ihnen, aber es geschah mühelos, spontan – so natürlich wie das Atmen.

Als sie ihre Mutter durchs Wohnzimmer auf ihre Tür zuschlurfen hörte, stand sie rasch vom Bett auf und begann, im Zimmer umherzugehen. Sie wollte nicht, daß ihre Mutter hereinkam und sie mit ernstem Gesicht ins Nichts starrend vorfand wie eine Kranke. Die Mutter stand in ihrer langen *Galabiya* und dem weißen Kopftuch an der Tür und sagte mit heiserer, schwacher Stimme:

„Ich sehe, du trägst deinen Mantel. Gehst du aus?"

„Ja."

„Und das Mittagessen?", fragte die Mutter.

Fouada griff nach ihrer Handtasche und erwiderte im Hinausgehen:

„Ich bin nicht hungrig."

Fouada wußte nicht, warum sie wegging. Nur, daß sie nicht im Haus bleiben wollte, Menschen um sich sehen und laute Geräusche hören wollte, lauter als das Klingeln, das ihr beständig, endlos im Ohr klang. Sie verließ die Straße, in der sie wohnte, und bog nach rechts, ging an der steinernen

Mauer entlang zum Blumengarten. Weißer Jasmin schimmerte wie Silber im hellen Sonnenlicht. Wie immer brach sie ein paar Blüten ab, zerdrückte sie in ihrer Hand und atmete ihren Duft ein. Das schwere Gewicht auf ihrem Herzen hob sich. Der Duft des Jasmin bedeutete für sie das Treffen mit Farid, seinen Kuß auf ihrem Nacken. Doch nun schien der druchdringende Duft Farids Abwesenheit noch zu unterstreichen, und verwirrende Gefühle von Nostalgie und Realität regten sich in ihrem Inneren. Es war alles wie eine Illusion, wie ein Traum, der mit dem Aufwachen endet.

Sie ließ die zerdrückten Jasminblüten aus den Fingern gleiten und ging die schmale Gasse entlang, bog in die Straße am Nil ein. Plötzlich wußte sie, daß sie das Haus nicht ohne Grund oder aus simplem Bewegungsdrang verlassen hatte; sie hatte ein bestimmtes Ziel. Ein paar Schritte weiter stand sie vor dem Eingang des kleines Restaurants.

Sie zögerte, trat ein, durchschritt den langen Weg zwischen den Bäumen. Ihr Herz begann heftig zu schlagen bei dem Gedanken, am Ende des Ganges Farid zu sehen, an dem weißgedeckten Tisch, den Rücken ihr, das Gesicht dem Nil zugewandt, die Schultern leicht vorgebeugt, das schwarze, dichte Haar hinter die kleinen, geröteten Ohren gestrichen, die langen, schlanken Finger auf dem Tisch mit einem Papierstückchen oder dem Umwenden der Seiten seines Notizbuches beschäftigt, das er stets bei sich trug, oder mit etwas anderem, aber niemals ganz ruhig.

Ja, sie würde ihn dort sitzen sehen. Sie würde sich ihm von hinten auf Zehenspitzen nähern, ihre Arme um seinen Kopf legen und mit den Händen seine Augen bedecken. Er würde lachen, nach ihren Händen greifen und jeden einzelnen Finger küssen.

Ihr Herz schlug wild, als sie das Ende des Ganges erreichte. Sie drehte sich nach links und schaute zum Tisch. Ein Stich ging durch ihr Herz. Der Tisch war leer und nackt, ohne das weiße Tischtuch. Sie trat näher und berührte ihn, als würde sie nach etwas suchen, das Farid vergessen hatte, ein Stück Papier, das er für sie hinterlassen hatte, aber ihre Hände fanden nur die glatte hölzerne Oberfläche, an der der Wind von allen Seiten rüttelte wie am Stumpf eines alten Baumes.

Der Ober kam herüber, lächelte, senkte jedoch den Blick, als er ihren Gesichtsausdruck sah. Sie wandte sich ab, dem Gang zu, drehte sich aber rasch noch einmal um, bevor sie in ihn einbog. Der Tisch war noch immer leer. Sie rannte in den Gang und verließ eilends das Restaurant.

Sie war auf der Doqi-Straße. Ein Bus setzte sich gerade in Bewegung und sie sprang auf, ohne zu wissen, wohin er fuhr. Ein Fuß war auf der Plattform gelandet, der andere hing in der Luft. Hände streckten sich aus, um ihr zu helfen, und es gelang ihr, den zweiten Fuß zwischen die anderen auf die Stufe zu schieben. Lange, starke Arme hielten sie fest, um sie vor dem Hinausfallen zu bewahren, dann stand sie zwischen die anderen Körper gezwängt im Innern des Busses.

Eine von Millionen, einer dieser menschlichen Körper, die sich in den Straßen, Bussen, Autos und Häusern drängen. Wer war sie? Fouada Khalil Salim, geboren in Oberägypten, Ausweisnummer 3125098. Was würde mit der Welt geschehen, wenn sie unter die Räder eines Busses fiel? Nichts. Das Leben würde weitergehen, gleichgültig und unbeteiligt. Vielleicht würde ihre Mutter eine Todesanzeige in die Zeitung setzen, aber was würde eine Zeile in der Zeitung schon bewirken? Was würde sie ändern in der Welt?

Verwundert sah sie sich um. Aber warum verwundert? Sie war wirklich eine von Millionen, wirklich einer der Körper in diesem überfüllten Bus, und wenn sie unter die Räder kam und starb, würde ihr Tod nichts ändern in dieser Welt. Was war daran so erstaunlich? Und doch verwunderte, erstaunte sie das, war es etwas, das sie weder glauben noch akzeptieren konnte.

Denn sie war nicht eine von Millionen. Tief in ihrem Inneren war etwas, das ihr versicherte, sie sei nicht nur eine von Millionen, nicht nur ein sich bewegender Klumpen Fleisch. Sie konnte nicht leben und sterben und die Welt überhaupt nicht verändert haben. Ja, tief in ihrem Herzen saß diese Sicherheit, und nicht nur in ihrem, sondern auch im Herzen ihrer Mutter, im Herzen ihrer Chemielehrerin – und in Farids Herz.

Sie hörte die Stimme ihrer Mutter sagen: „Du wirst berühmt werden wie Madame Curie", dann die Stimme ihrer Chemielehrerin: „Fouada ist anders als ihre Klassenkameradinnen", und dann Farids Stimme, die ihr ins Ohr flüsterte: „Du hast etwas in dir, was andere Frauen nicht haben."

Aber wozu taugten diese Stimmen, diese Worte? Ihr Widerhall hatte ein-, zweimal störende Vibrationen in der Luft verursacht, dann waren sie verklungen. Ihre Mutter hatte es gesagt, als sie noch jung war, vor langer Zeit. Ihre Chemielehrerin hatte es gesagt, als sie in der Sekundarschule war, vor vielen Jahren. Und Farid, ja, Farid hatte es auch gesagt, aber Farids Stimme war verklungen, und er selbst war verschwunden, als habe es ihn nie gegeben.

Eine dicke Frau trat ihr auf den Fuß. Der Schaffner tippte auf ihre Schulter, um den Fahrpreis zu kassieren. Eine große Hand preßte sich von hinten gegen ihren Oberschenkel. Ja, ein Körper unter all den anderen, die sich in der Welt drängten, die Luft mit Schweißgeruch füllten, eine von Millionen, Millionen, Millionen. Unbewußt sagte sie laut: „Millionen, Millionen!" Die dicke Frau starrte sie aus großen Kuhaugen an und blies ihr ihren Zwiebelatem ins Gesicht, so daß sie sich wegdrehen mußte. Durch das Fenster sah sie den Tahir-Platz und drängte sich mit aller Kraft aus dem Bus.

* * *

Sie stand auf dem riesigen Platz, schaute sich um und an den hohen Gebäuden hinauf, deren Fassaden mit großen Lettern bepflastert waren, den Namen von Ärzten, Anwälten, Steuerberatern, Schneidern und Masseusen. Besonders fiel ihr ein Schild ins Auge, dessen Aufschrift lautete: „Abd al-Samis, Analyse-Labor". Plötzlich dämmerte ihr etwas, als hätte sich das Licht eines kleinen Suchscheinwerfers in ihrem Kopf gebündelt. Die Idee durchzuckte ihr Hirn, hell wie eine neue Glühbirne. Sie war immer da gewesen, in einer Nische verborgen, bewegungslos; aber sie war da, und sie wußte es.

Jetzt war sie in Bewegung geraten, hatte sich aus ihrer verborgenen Ecke ins Licht gedrängt. Fouada konnte es lesen, ja, da stand es in großen Lettern auf der Fassade des Gebäudes: „Fouadas Labor für chemische Analysen".

Das war sie, die verborgene Idee in ihrem Kopf. Sie wußte nicht, wann sie entstanden war, denn sie konnte sich schlecht an Daten erinnern und hatte kein gutes Zeitgefühl. Die Zeit konnte schnell vergehen, sehr schnell, so schnell, wie die Erde sich drehte. Manchmal hatte sie den Eindruck, sie vergehe überhaupt nicht, dann wieder schien es ihr, als vergehe sie langsam, sehr langsam, und als bebte die Erde, so, als wolle aus ihren Tiefen heraus ein Vulkan ausbrechen.

Die Idee war schon vor langer Zeit entstanden. Sie war ihr eines Tages gekommen, als sie in der Schule im Chemieunterricht saß. Da war die Idee noch recht undeutlich, war ihr wie durch einen Nebelschleier erschienen. Sie hatte gebannt auf einen eigenartigen Vorgang in einem Reagenzglas geschaut: Farben, die plötzlich erschienen und wieder verschwanden, Dämpfe mit seltsamem Geruch, ein neues Sediment, das sich absetzte, eine neue Substanz – Ergebnis der chemischen Reaktion zweier anderer Substanzen –, mit neuen Eigenschaften, neuer Form, neuer Wellenlänge. Die Chemiestunde ging zu Ende und sie blieb im Labor, mischte Substanzen zusammen, beobachtete die Reaktionen mit Entzücken, schnupperte an dem Gas, das dem Reagenzglas entwich und rief schließlich voll Freude: „Ein neues Gas! Heureka!"

Der dünne, geschoßförmige Körper des Laborassistenten stürzte auf sie zu und brüllte, während er schier explodierte wie entflammbares Gas, „Raus hier!", riß ihr das Reagenzglas aus der Hand, schüttete ihre Entdeckung in den Ausguß und verfluchte den Tag, an dem er Laborassistent in einer elenden Mädchenschule geworden war. Er hätte Assistent an einer naturwissenschaftlichen Hochschule sein können, wenn er nur sein Studium beendet hätte. Sie verlor die Fassung, als er ihr einmaliges Experiment in den Ausguß kippte und schrie: „Meine Entdeckung ist verloren!" Sie sah die Verachtung in seinem Blick, drehte sich um und rannte aus dem Labor. Sein verächtlicher Blick verfolgte sie und hinderte sie lange Zeit zu experimentieren, hätte sie wohl endgültig von der Idee einer Entdeckung abgebracht, wäre sie nicht so besessen gewesen vom Chemieunterricht und der Chemielehrerin.

Die Chemielehrerin war groß und schlank wie sie selbst, ihre Augen lächelten stets und vermittelten den Eindruck tiefer Nachdenklichkeit und Zuversicht. Ihr kam es so vor, als sei dieser Blick nur auf sie gerichtet und nicht auf die anderen Mädchen in der Klasse. Warum? Sie wußte es nicht genau. Es gab keinen eigentlichen Beweis, aber sie spürte es, spürte es ganz stark, besonders, wenn sie ihr auf dem Schulhof begegnete, sie ansah und sie anlächelte. Sie lächelte nicht alle Mädchen an. Nein, sie lächelte nicht alle an. Da war jener historische Tag gewesen, als der Schulinspektor kam und die Lehrerin eine Frage gestellt hatte, die niemand aus der Klasse beantworten konnte – außer Fouada. An jenem Tag hatte sie die Lehrerin sagen hören, vor der gesamten Klasse und dem Schulinspektor: „Fouada ist anders als die anderen Mädchen." Genau das hatte sie gesagt, nicht mehr und nicht weniger. Es hatte sich genau so in ihrem Gehirn eingegraben, wie sie es ausgesprochen hatte,

Wort für Wort, mit den gleichen Pausen, der gleichen Betonung, der gleichen Interpunktion. Das Wort „anders" war besonders tief eingegraben, mit Betonung auf der ersten Silbe...

Ja, Fouada liebte die Chemie. Es war keine gewöhnliche Liebe wie die zur Geographie, zur Geometrie und zur Algebra, es war eine außergewöhnliche. Wenn sie im Chemieunterricht saß, wurde ihr Gehirn ganz wach und alles ringsumher blieb an ihm hängen wie an einem Magnet – die Stimme der Lehrerin, ihre Worte, ihre Blicke; Partikel pulvriger Substanzen mochten durch die Luft fliegen, Metallsplitter sich über den Tisch verstreuen, Dampf- und Gaspartikel durch den Raum schweben. Alle Partikel, jedes Zittern, jede Vibration, jede Bewegung und jedes Ding – ihr Gehirn nahm alles auf, gerade so, wie ein Magnet Metallpartikel anzieht und festhält.

Nach all dem war es unausbleiblich, daß ihr Geist sich der Chemie zuwandte und alles um sie herum chemische Formen und Qualitäten annahm. Für sie war es nicht ungewöhnlich, sich eines Tages vorzustellen, daß der Geschichtslehrer aus rotem Kupfer bestand, die Zeichenlehrerin aus Kreide, die Direktorin aus Mangan, daß Schwefelwasserstoff dem Mund des Arabischlehrers entwich, daß die Stimme der Biologielehrerin wie das Rasseln von Zinnstückchen klang.

Alle Lehrer, ob Männer oder Frauen, erhielten mineralische Eigenschaften, bis auf eine – die Chemielehrerin. Ihre Stimme, ihre Augen, die Haare, Schultern, Arme und Beine, alles an ihr war sehr menschlich, war lebendig, bewegte sich und pulsierte wie die Arterien des Herzens. Sie war ein lebendiger Mensch aus Fleisch und Blut, hatte überhaupt keine Ähnlichkeit mit Mineralien.

Das Bemerkenswerteste an ihr war ihre Stimme. Sie hatte den Duft süßer Orangenblüten oder einer kleinen, unberührten Jasminknospe. Fouada saß im Chemieunterricht und ihre Augen und Ohren, die Nase und die Poren waren dieser süßen Stimme geöffnet, saugten die Worte durch all die Öffnungen ein wie klare, warme Luft.

Eines Tages trug ihr die Stimme die Geschichte von der Entdeckung des Radiums zu. Zuvor hatte die Stimme ihr nur die Namen berühmter Männer, die etwas entdeckt hatten, zugetragen. Sie biß sich beim Zuhören auf die Nägel und sagte sich, wenn sie ein Mann wäre, könnte sie das auch. Verschwommen fühlte sie, daß die Entdecker nicht mehr Talent für Entdeckungen hatten als sie auch, nur daß sie Männer waren. Ja, ein Mann konnte andere Dinge tun als eine Frau, nur weil er ein Mann war. Er war nicht fähiger, aber er war ein Mann, und das Mannsein an sich war eine der Voraussetzungen, Entdeckungen machen zu können.

Doch hier war eine Frau, die etwas entdeckt hatte, eine Frau wie sie, kein Mann. Das verschwommene Gefühl ihrer Entdeckerfähigkeit wurde klarer und ihre Überzeugung wuchs, daß es etwas gab und darauf wartete, daß sie den Schleier hob und es entdeckte, etwas, das existierte wie Klang und Licht und Gase und Dämpfe und die Strahlung des Uran. Ja, es existierte etwas, von dem nur sie wußte.

* * *

Fouada lag ausgestreckt auf ihrem Bett, die Augen zur Decke auf einen kleinen, unregelmäßigen Fleck gerichtet; die weiße Farbe war abgeblättert und gab den darunterliegenden Zement frei. Ihre Füße schmerzten vom langen Gehen durch die Straßen hinter dem Tahir-Platz. Sie wußte nicht recht, warum sie gelaufen war, doch es schien, als suchte sie etwas. Vielleicht suchte sie Farid unter den Menschen, denen sie begegnete, denn sie starrte den Männern ins Gesicht und betrachtete die Köpfe der Leute, die in Autos und Taxis an ihr vorbeifuhren; vielleicht suchte sie auch nach einer leeren Wohnung, denn hin und wieder blieb sie vor einem neuen Gebäude stehen und starrte verwirrt den Hausmeister an.

Doch jetzt starrte sie auf den unregelmäßigen Fleck an der Decke, dachte an nichts bestimmtes. Als sie das schlurfende Geräusch der Schritte ihrer Mutter hörte, die sich ihrem Zimmer näherten, zog sie schnell die Decke hoch und schloß die Augen, tat so, als schliefe sie. Sie hörte den schnaufenden Atem der Mutter und wußte, daß sie in der Tür stand und ihren Schlaf beobachtete. Fouada bemühte sich, still zu liegen und ihre Brust in regelmäßigen, tiefen Atemzügen sich heben und senken zu lassen. Dann entfernten sich die schlurfenden Schritte. Sie hätte die Augen wieder öffnen und weiter an die Decke starren können, doch sie fühlte sich entspannt mit den geschlossenen Augen und dachte, sie würde vielleicht einschlafen. Aber dann sprang sie aus den Bett, weil ihr etwas einfiel. Sie warf sich einen langen Mantel über und wollte schon zur Tür hinaus, als sie innehielt, zum Telefon griff und die fünf Ziffern wählte. Das Läuten war scharf und schrill und brach nicht ab. Sie legte den Hörer auf und eilte aus dem Haus.

Sie ging sehr schnell, ihre Füße trugen sie von Straße zu Straße. Sie sprang in einen Bus, dessen Nummer sie erkannte, stieg an der Haltestelle aus, die ihr nur zu bekannt war und bog nach rechts in eine schmale Straße ein, an deren Ende sie ein weißes, dreistöckiges Haus mit einer kleinen Holztür wußte.

Der dunkelhäutige Hausmeister saß auf seiner Bank am Fuß der Treppe. Sie wollte gerade nach Farid fragen, als sie den inquisitorischen Blick bemerkte, der allen Hausmeistern eigen ist. Er kannte sie, hatte sie oft genug zu Farids Wohnung hinaufgehen sehen, aber jedes Mal warf er ihr wieder diesen durchdringenden Blick zu, als wolle er die Beziehung zwischen ihr und Farid anzweifeln. Sie rannte die Treppe hinauf, langte atemlos vor seiner dunkelbraunen, hölzernen Wohnungstür an. Das Küchenfenster, das auf die Treppe hinaus ging, stand offen. Also war Farid zu Hause, hatte nicht den befürchteten Unfall gehabt, war nicht vom Himmel davongetragen worden. Ihr Herz schlug schmerzhaft und sie dachte daran, schnell zu gehen, bevor er sie sah. Er hatte ihre Verabredung absichtlich nicht eingehalten, war nicht verhindert gewesen und hatte sie nicht angerufen, um ihr zu erklären, warum. Sie hätte auf dem Absatz kehrtgemacht und wäre gegangen, nur – sie sah kein Licht hinter dem gläsernen Guckloch in der Tür. Die Wohnung lag völlig im Dunkeln. Vielleicht las er in seinem Schlafzimmer und das Licht reichte nicht so weit?

Sie drückte auf die Klingel und hörte das schrille Läuten in der Wohnung. Sie ließ ihren Finger auf der Klingel und das Läuten hallte laut und hart durch das Wohnzimmer, doch niemand kam an die Tür. Sie nahm den Finger von der Klingel und das Läuten hörte auf. Wieder drückte sie auf den Knopf und wieder hallte der laute, schrille Ton durch die Räume der Wohnung, ohne daß jemand die Tür öffnete. Sie legte ihr Ohr an die Tür, hoffte, das Geräusch einer Bewegung, eines verhaltenen Atmens oder ein Seufzen zu hören, aber nichts. Plötzlich läutete das Telefon im Arbeitszimmer und sie sprang zurück in dem Gefühl, sie selbst riefe ihn von zu Hause aus an. Aber sie stand ja hier, vor seiner Tür, also konnte sie es nicht sein, die jetzt anrief. Das Telefon klingelte noch ein paarmal, verstummte dann. Das Ohr an der Tür, hörte sie nichts, was auf die Gegenwart eines lebenden Wesens in der Wohnung schließen ließ. Als sie das Klappern von Pfennigabsätzen die Treppe heraufkommen hörte, trat sie etwas von der Tür zurück und drückte wieder auf die Klingel. Aus den Augenwinkeln sah sie eine dicke Frau die Treppe heraufsteigen. Sie drückte weiter auf die Klingel, schaute geradeaus, bis die Frau um den Treppenabsatz verschwunden war. Sie wartete noch ein paar Minuten, bis das Geräusch der hohen, klappernden Absätze verstummte und machte sich dann langsam und schweren Schrittes auf den Weg hinunter.

Sie ließ ihre Füße sie tragen, wohin sie wollten. Gedanken rasten fast hörbar durch ihren Kopf. Farid war nicht zur Verabredung am Dienstag gekommen, hatte sie nicht angerufen und war nicht zu Hause. Wo konnte er sein? Nicht in Kairo oder einer nahegelegenen Stadt. Er mußte weit weg sein, irgendwo, wo es kein Telefon und keine Post gab. Warum verbarg er den Grund für seine Abwesenheit vor ihr? Gebot ihm ihre Beziehung nicht, es ihr zu sagen? Aber was war das für eine Beziehung, die es zu jemandes Pflicht machte, sich dem anderen gegenüber in bestimmter Weise zu verhalten? Was machte es zu seiner Pflicht? Liebe?

Schwer wie ein Stein wog das Wort in ihrem Mund. Liebe. Was bedeutete Liebe? Wann hatte sie das Wort zum ersten Mal gehört? Aus wessen Mund? Sie erinnerte sich nicht genau, doch sie kannte es zeitlebens. Sie hörte es oft, und da sie es oft hörte, kannte sie es, wie die weiblichen Teile ihres Körpers, die sie an sich wahrnahm und täglich mit Wasser und Seife wusch, ohne sie zu kennen. Das lag an ihrer Mutter. Wäre sie ohne Mutter geboren, hätte sie vielleicht alles ganz spontan gewußt. Als sie noch sehr klein war, erfuhr sie, daß sie aus einer Öffnung unter dem Bauch ihrer Mutter geboren worden war, vielleicht der gleichen Öffnung, aus der sie urinierte oder einer anderen ganz nah davon. Doch als sie der Mutter von ihrer Entdeckung erzählte, wurde sie ausgescholten und bekam zu hören, sie sei aus dem Ohr ihrer Mutter gekommen. Mit dieser Erklärung brachte die Mutter ihre natürlichen Gefühle völlig durcheinander, und viele ihrer Intuitionen waren für lange Zeit blockiert. Einige Zeit lang versuchte sie, zwischen dem Hören und der Geburt einen Zusammenhang zu sehen, zweifelte sogar manchmal, ob das Ohr überhaupt zum Hören gedacht war und nicht eher verheirateten Frauen zum Urinieren diente. Sie begriff nicht, warum sie Gebären immer mit Urinieren in Verbindung brachte, fühlte nur, daß da ein Zusammenhang bestehen müsse. Sie suchte weiter nach der Lage der Öffnung, durch die sie zur Welt gekommen war und dachte, sie würde es vielleicht im Geschichtsunterricht erfahren oder in der Geographie- oder Biologiestunde, doch dort lernte sie alles, nur das nicht. Sie lernte alles über Hühner, das Legen und Ausbrüten von Eiern, sie lernte alles über Fische und deren Fortpflanzung, über Krokodile und Schlangen und alle möglichen Lebewesen, nur nicht über die Menschen. Sie lernten sogar, wie sich Dattelpalmen gegenseitig befruchten. Konnte ihnen die Dattelpalme wichtiger sein als sie selbst? Gegen Ende des Schuljahres hob sie die Hand und fragte die Biologielehrerin; doch die hielt ihre Frage für ungehörig und zur Strafe mußte sie mit erhobenen Armen an der Wand stehen. Während sie die Wand anstarrte, fragte Fouada sich, warum, wenn Insekten, Tiere und Pflanzen sich befruchteten, dies als Wissenschaft galt, beim Menschen aber als etwas Anstößiges, das Bestrafung verdiente?

* * *

Fouada sah auf und bemerkte, daß sie die Nil-Straße entlang ging. Tiefe Dunkelheit hüllte die Wasseroberfläche ein, in Ufernähe spiegelten sich kreisrund die Lampen. Wie er da so durch die Dunkelheit glitt, erinnerte der langgestreckte, schlanke Nil an den koketten Körper einer Frau in Schwarz, in Trauer um einen gehaßten Ehemann, das schwarze Gewand an den Seiten mit imitierten Perlen bestickt. Hier in der Dunkelheit schien ihr alles traumhaft, surreal. Selbst die Tür des kleines Restaurants, über der billige, bunte Lichter hingen, umgab ein unheimlicher, geisterhafter Schatten. Sie ging an der Tür vorbei, ohne einzutreten, doch dann machte sie kehrt und ging hinein. Sie schritt den Gang unter den Bäumen entlang und wandte sich an dessen Ende dem Tisch zu. Er war besetzt. Ein Mann und eine Frau saßen dort. Der Kellner stellte Gläser und Teller vor sie hin und schenkte ihnen das gleiche Lächeln, mit dem er sie und Farid bedachte. Bevor er sie bemerkte, drehte sie sich rasch um und verließ das Restaurant.

Mit gesenktem Kopf ging sie die Nil-Straße hinunter. Was hatte sie hierher getrieben? Wußte sie denn nicht, daß diese Orte Farids Verbündete waren, von seiner Abwesenheit zeugten und ihn verbargen? Heuchelei und Widersprüchlichkeit umgaben sie wie ein dunkles Gewebe. Wütend stampfte sie mit dem Fuß auf. Was war nur in sie gefahren? Farid hatte sie verlassen und war verschwunden, warum geisterte sie also an seinen Aufenthaltsorten herum? Warum? Sie mußte ihn aus ihrem Leben verbannen, so, wie er sie aus dem seinen verbannt hatte. Ja, das mußte sie.

Der Gedanke allein schon schien sie zu beruhigen, und sie schaute auf die Straße. Doch ihr Herz machte einen wilden Sprung, denn sie sah einen Mann auf sich zukommen, der den gleichen Gang hatte wie Farid. Sie eilte ihm entgegen. Seine Schultern waren leicht vorgebeugt und er ging langsam und vorsichtig. Die gleichen Bewegungen wie Farid! Sie kamen sich immer näher. Er schwang die Arme auf eine besondere Art, nicht wie Farid. Als er nur noch ein paar Schritte entfernt war, öffnete sie den Mund, wollte „Farid!" rufen, doch die Lichter eines vorbeifahrenden Autos wischten die Schatten von einem Gesicht, das nicht seines war. Ihr wurde das Herz schwer wie ein Bleiklumpen und sie verkroch sich in ihren Mantel. Der Mann nickte einladend mit seinem kahlen Kopf. Sie wandte sich ab und eilte davon, aber er kam hinter ihr her, flüsterte halblaut unverständliche Worte. Sie bog von der Nil-Straße in eine Seitenstraße ab und er folgte ihr, verfolgte sie von Straße zu Straße bis zu ihrer Haustür.

* * *

Heftig atmend öffnete sie die Tür. Da sie die Stimme ihrer Mutter nicht hörte, ging sie auf Zehenspitzen durchs Wohnzimmer und sah ihre Mutter durch die geöffnete Tür ihres Zimmers schlafend in ihrem Bett liegen. Sie lag auf der rechten Seite, hatte ein weißes Tuch um den auf zwei hohen Kissen ruhenden Kopf geschlungen und den dünnen Körper unter einer gefalteten Wolldecke verborgen.

Fouada ging in ihr Zimmer und schloß die Tür. Eine Weile stand sie reglos in der Mitte des Raumes, dann zog sie sich aus. Sie schlüpfte in ein Nachthemd, nahm ihre Uhr ab und legte sie neben das Telefon. Als ihre Hand den kalten Apparat berührte, erschauerte sie und sah auf die Uhr. Mitternacht. War Farid zu Hause? Sollte sie versuchen, ihn anzurufen? Sollte sie nicht aufhören mit dieser Verfolgungsjagd? Sie könnte die Nummer wählen und auflegen, falls er sich meldete. Ja, er würde nicht wissen, wer anrief.

Sie legte den Finger an die Wählscheibe und drehte sie fünfmal. Das vertraute Läuten klang sogar noch lauter in der Stille der Nacht. Sie hielt die Hand über die Sprechmuschel, weil sie befürchtete, das Läuten könne ihre Mutter wecken. Die Klingel schrillte in ihrem Ohr wie ein hungriges Tier, das Echo drang in ihren Kopf und prallte wieder zurück, als sei er eine Mauer aus festem Stein.

Sie legte den Hörer auf, um das Schrillen zu ersticken, warf sich aufs Bett und schloß die Augen, um zu schlafen. Aber sie schlief nicht ein. Ihr Körper blieb ausgestreckt auf dem Bett liegen, ihr Kopf in das Kissen gedrückt. Sie öffnete die Augen und sah den Schrank, den Spiegel, den Kleiderständer, das Regal, das Fenster und die weiße Decke mit dem unregelmäßigen Fleck dort, wo die Farbe abgeblättert war. Sie schloß die Augen, ließ mit tiefen, regelmäßigen Atemzügen den Brustkorb sich heben und senken. Doch sie konnte immer noch nicht einschlafen. Mit seinem vollen Gewicht, seiner ganzen Schwere lag ihr Körper im Bett. Sie drehte sich auf den Bauch, vergrub das Gesicht im Kissen, tat so, als verlöre sie das Bewußtsein. Ihr Körper lag ausgestreckt unter der rauhen Wolldecke, aber sie blieb wach. Sie rollte sich auf die linke Seite und öffnete die Augen, sah nur Dunkelheit. Sie bildete sich ein, ihre Augen seien immer noch geschlossen oder sie habe die Sehkraft verloren, doch jetzt erschien ein schwacher Lichtstreifen an der Wand. Sie preßte den Kopf in das Kissen und zog die Decke über die Augen, konnte aber immer noch nicht schlafen. Das vertraute Gewicht ihres Kopfes auf dem Kissen war vorhanden. Ein leises Summen begann, sehr leise zuerst, dann immer lauter, bis es schließlich zu einem scharfen, ununterbrochenen Klingeln wurde, wie das Läuten eines Telefons, das niemand abnimmt. Sie bildete sich ein, der Telefonhörer läge neben ihrem Ohr, und sie schob die Hand unter den Kopf, doch dort war nur das Kissen. Das Dröhnen hörte auf, als sie den Kopf vom Kissen hob, setzte aber wieder ein. Einen Augenblick lang hielt sie den Atem an und ihr wurde klar, woher das Geräusch kam. Es war das vertraute Klopfen ihres Herzens, doch in keiner Nacht zuvor hatte sie es so deutlich, so beständig hämmern gehört. An allen anderen Abenden legte sie den Kopf auf das Kissen, ohne etwas zu hören und war im Nu fest eingeschlafen. Wie schlief sie gewöhnlich ein? Sie versuchte, sich zu erinnern, mußte aber plötzlich feststellen, daß sie es nicht wußte. Ihr Körper wurde einfach schwer, wie angekettet, und dann war sie weg. Sie erinnerte sich, daß sie ein- oder zweimal herauszufinden versucht hatte, wie sie ihr Bewußtsein an den Schlaf verlor und ihre Augen geöffnet hatte, bevor sie hinüberglitt, sich an den letzten Moment des Bewußtseins geklammert hatte, um zu sehen, was mit ihr geschah, doch stets war der Schlaf der Lösung des Rätsels zuvorgekommen.

Wirklich, sie wußte nichts, nicht einmal die einfachsten Dinge. Sie wußte nichts aus Intuition und lernte nichts durch Wiederholen. Wie viele Nächte ihres Lebens hatte sie verschlafen? Sie war jetzt dreißig, jedes Jahr hatte dreihundertfünfundsechzig Tage, also hatte sie zehntausendneunhundertfünfzig Nächte geschlafen, ohne zu wissen, warum. Sie drückte den Kopf in das Kissen. Das Summen hallte in ihrem Kopf wider, einem Kopf so fest wie ein Stein, einem Kopf, der nichts wußte, nicht wußte, wohin Farid verschwunden war, nicht wußte, warum sie die naturwissenschaftliche Schule besucht hatte, nicht wußte, warum sie in der biochemischen Forschungsabteilung des Ministeriums arbeitete, nicht wußte, welche chemischen Forschungen sie machen sollte, nicht wußte, wie die alte, tief vergrabene Entdeckung zu finden sei, nicht wußte, wie man einschlief. Ja, ein unwissender, solider steinerner Schädel, der nichts wußte und nur fähig war, dieses leere Echo widerhallen zu lassen wie eine Mauer.

Es schien ihr, als sei eine schwere, hohe Mauer auf sie gefallen und als würde ihr Körper zu Boden gedrückt. Sie spürte Wasser sie von allen Seiten umgeben, als schwämme sie in einem tiefen und weiten See. Obwohl sie nicht schwimmen konnte, schwamm sie mit äußerstem Geschick, als würde sie durch die Luft fliegen. Das Wasser war köstlich warm. Sie sah einen riesigen Hai unter Wasser auf sich zu gleiten, sein großes Maul war weit geöffnet, in seinen Kiefern hatte er lange, spitze Zähne. Das Biest kam näher und näher, sein geöffnetes Maul wurde zu einem langen dunklen Tunnel. Vergebens versuchte sie zu entkommen. Sie schrie vor Entsetzen und öffnete die Augen.

* * *

Tageslicht strömte durch die schmalen Schlitze der Fensterläden. Sie hob den Kopf vom Kissen, fühlte sich schwindelig
und ließ sich zurücksinken. Dann griff sie hinüber und
nahm die Uhr vom Regal. Nach einem kurzen Blick darauf
sie sprang aus dem Bett und zog sich rasch an. Schnell trank
sie den kalten Tee, den ihre Mutter für sie bereitet hatte und
lief auf die Straße hinaus.

Die kalte Luft schlug ihr ins Gesicht, ließ sie erschauern
und energisch ihre Arme und Beine bewegen, bis sie plötzlich den Schmerz in der Magengrube verspürte und stehenblieb. Sie preßte die Finger in das weiche Dreieck unter
ihren Rippen und fand den Schmerz; tief in ihrem Fleisch
nagte er an der Wand ihres Magens wie ein Wurm mit
Zähnen. Sie wußte nicht, warum dieser seltsame Schmerz
sie jeden Morgen wieder überfiel.

Sie wartete an der Bushaltestelle, doch als der 613 zum
Ministerium kam, blieb sie stehen und starrte ihn an. Als er
abfuhr, wurde ihr klar, daß sie im Bus sein sollte, und sie
rannte hinterher, konnte ihn aber nicht mehr erreichen. Sie
ging zurück zur Haltestelle und spürte ein Gefühl von
Erleichterung. Sie würde heute nicht ins Ministerium gehen. Urlaub stand ihr nicht mehr zu, aber was würde
geschehen, wenn sie heute nicht käme ... würde sich da-
durch irgend etwas auf der Welt ändern? Nicht einmal ihr
Tod oder ihre körperliche Abwesenheit von dieser Welt
würde irgend etwas ändern, wie wichtig konnte also ihre
heutige Abwesenheit im Ministerium sein? Ein leere Stelle
in der alten Anwesenheitsliste mit dem verschlissenen Einband.

Die Welt rings um sie wurde heller bei diesem Gedanken.
Sie schaute verächtlich auf die Menschen, die schnaufend
zu ihren Bussen rannten, sich blind hineinwarfen. Warum
rannten diese Dummköpfe? Wußte auch nur einer von
ihnen, wie er letzte Nacht geschlafen hatte? Wußte auch nur
einer von ihnen, sollte er unter die Räder des Busses fallen

und tot sein oder sich der ganze Bus mit ihm und allen anderen darin überschlagen und im Nil versinken, wußte auch nur einer, daß dies für die Welt ohne Bedeutung war?

Wieder hielt ein Bus. Drinnen gab es ein paar leere Sitze, daher stieg sie ein und setzte sich neben einen alten Mann. Er ließ gelbe Gebetsperlen durch die zitternden Finger gleiten und murmelte leise: „Oh Beschützer! Oh Beschützer! Herr, beschütze uns! Herr, beschütze uns!" und spähte von Zeit zu Zeit aus verkrusteten, wimpernlosen Augen durch die Fenster zum Himmel hinauf. Fouada schien es, als sei just in diesem Augenblick ein Unglück über diesen armen Mann hereingebrochen, daher lächelte sie ihn freundlich tröstend an, doch er erschrak und kauerte sich in die entfernteste Ecke des Sitzes, seinen Rücken an das Fenster gepreßt. „Wieviel Angst doch auf dieser Welt herrscht!", dachte sie und wandte sich ab.

Auf der anderen Seite stand eine junge Frau neben ihr. Der Bus war nun vollgestopft mit stehenden Fahrgästen. Die Frau verströmte eine Parfümwolke, auf ihrem Gesicht hatte sie die übliche Puderschicht und jenes Blutrot auf den Lippen. Ihr Körper war dünn und so kurz, daß ihr Bauch an Fouadas Schulter stieß, doch ihr Hintern war kräftig gerundet und ausgeprägt.

Ohne jeden Grund sprang Fouada plötzlich auf. Die Frau quetschte sich an ihrer Stelle auf den Sitz und schnaubte irritiert. Fouada bahnte sich einen Weg zwischen den Leibern hindurch, sprang eben noch aus dem Bus, bevor er wieder anfuhr und landete mit den Füßen auf dem Boden. Beinahe wäre sie hingefallen, konnte sich aber noch fangen, schaute auf, um zu sehen, wo sie war und fand sich direkt vor dem rostigen Eisengitter des Ministeriums wieder.

Wie mit einem Eimer kalten Wassers begossen, wurde ihr klar, wo sie war, und sie erinnerte sich, daß sie gar nicht vorgehabt hatte, heute ins Ministerium zu gehen. Doch unwillkürlich hatten ihre Füße den gewohnten täglichen

Weg eingeschlagen, wie ein Esel, vor dem sich die Stalltür auftut und der allein und automatisch auf das Feld trottet. Und wenn es automatisch geschieht, ist es so natürlich wie die Geburt eines Babys, das dem Leib der Mutter entschlüpft.

Sie schaute zu dem düsteren Gebäude hinüber und sah, wie es sich über den offenen Hof wölbte, wie der Bauch ihrer Mutter. Lange, breite Risse überzogen seine dunkelbraune Fassade wie Schwangerschaftsstreifen. Ein seltsamer Geruch stieg ihr in die Nase, wie sie ihn in Wöchnerinnenstationen oder ungeputzten Toiletten wahrgenommen hatte. Als sie vorwärts stolperte, wurde das Übelkeitsgefühl stärker und sie wußte, daß sie sich ihrem Büro näherte.

* * *

Der Abteilungsleiter war wütend. Er sprach mit lauter Stimme, Speichel sprühte von seinen Lippen und ein Tropfen landete auf ihrer Wange. Sie ließ ihn dort, wischte ihn nicht mit dem Taschentuch weg, tat so, als hätte sie nichts gemerkt.

„Sie haben gestern dreieinhalb Stunden vor Dienstschluß das Büro verlassen!", hörte sie ihn sagen.

Das Wort „gestern" setzte sich in ihrem Ohr fest, und ohne nachzudenken, wiederholte sie:

„Gestern?"

Die dicken Lippen des Direktors verzogen sich verächtlich und sein glänzender, kahler Kopf nickte, während er brüllte:

„Ja, gestern, oder haben Sie das vergessen?"

Wie zu sich selbst sagte sie:

„Nein, ich habe es nicht vergessen, aber ich dachte, das wäre..." Sie verschluckte den Rest des Satzes „...vor ein oder zwei Wochen gewesen."

Er fuhr fort, mit lauter Stimme auf sie einzureden, aber sie hörte nicht zu. Sie grübelte darüber nach, wie die Menschen ihre Zeit verbringen, wie das Gefühl für Zeit nicht immer übereinstimmt mit der Zahl der vergehenden Stunden und Minuten. Kann die stete, kontinuierliche Bewegung der Zeiger einer Uhr innerhalb des kleinen, begrenzten Kreises ein genaues Maß für die Zeit sein? Wie ist es möglich, etwas Unsichtbares und Unbegrenztes sichtbar und begrenzt zu messen? Wie können wir etwas messen, das keiner sehen oder fühlen oder berühren oder schmecken oder riechen oder hören kann? Wie können wir etwas Nichtexistentes mit etwas Existentem messen?

Ihr kam ein Gedanke, den, wie sie glaubte, vor ihr noch niemand gehabt hatte. Sie war von geheimer Freude erfüllt, deren Anzeichen sie vor dem Abteilungsleiter verbarg. Sie wußte nicht, warum oder wie sie ihren Mund öffnete, aber plötzlich sagte sie zu ihm:

„Ich arbeite jetzt seit sechs Jahren in dieser Forschungsabteilung, und ich denke, daß ich ab heute das Recht habe, selber Forschung zu betreiben."

Als hätte sie eine Beleidigung ausgesprochen, überzog sich der kahle Kopf des Abteilungsleiters mit tiefer Röte, und wie er da so hinter seinem Schreibtisch saß, sah er aus wie ein auf dem Kopf stehender Pavian, dessen Hintern in die Luft ragt.

„Warum lächeln Sie so?"

Sie preßte die Lippen zusammen, als wollte sie nicht antworten, platzte aber doch heraus:

„Sie mögen das Recht haben, mir meine Abwesenheit vorzuwerfen, aber Sie haben kein Recht, mich zu fragen, warum ich lächele."

Sie dachte, er würde noch wütender und seine Stimme noch lauter werden, aber er verstummte plötzlich, als sei er fassungslos ob ihres ungewohnten Widerspruchsgeistes. Sein Schweigen ermutigte sie, so zu tun, als sei sie wütend, und mit erhobener Stimme fuhr sie fort:

„Ich dulde es nicht, daß irgend jemand, ganz egal wer, meine Rechte mit Füßen tritt, und ich weiß sie zu verteidigen!"

Die Röte seines kahlen Kopfes war zu einem bleichen Gelb verblaßt, das ihn wie eine Melone aussehen ließ.

„Auf welches Ihrer Rechte bin ich denn getreten?", brachte er verwundert hervor.

Sie schwang eine Hand in die Luft und schrie:

„Sie haben zwei wesentliche Rechte verletzt... erstens, weil Sie mich fragten, warum ich lächele, und zweitens, weil Sie Ihre Frage mit dem Wort ‚so' beendeten. Erstens habe ich das Recht zu lächeln, und zweitens ist es mein absolutes Recht, zu bestimmen, wie ich lächele."

Seine tiefliegenden Augen weiteten sich, was die Runzeln in den sie umgebenden Fettpolstern noch mehr hervorhob, und er stieß in äußerster Verwunderung hervor:

„Was reden Sie da, Fräulein?"

Von unbändiger Wut geschüttelt, schnappte Fouada ohne zu überlegen zurück:

„Und wer sagt Ihnen, daß ich ein Fräulein bin?"

Seine Augen weiteten sich noch mehr.

„Ja, sind Sie das denn nicht?"

Fouada schlug mit der Faust auf den Schreibtisch und schrie:

„Wie können Sie es wagen, mir eine solche Frage zu stellen? Wer gibt Ihnen das Recht dazu? Die Vorschriften...?"

Wie hatte sich das Blatt nur so schnell gewendet, so daß nun sie, Fouada, die Wütende war, und das mit vollem Recht? Der Abteilungsleiter wirkte nun eher furchtsam als verwundert, und der strenge Blick, mit dem er sonst seine Untergebenen fixierte, war aus seinen Augen gewichen und durch einen zahmen, fast respektvollen Ausdruck ersetzt, beinahe wie der, mit dem er den Staatssekretär und seine direkten Vorgesetzten bedachte. Sie hörte ihn mit einer Stimme, die sogar freundlich geklungen haben könnte, wenn er ein paar Jahre geübt hätte, sagen:

„Es scheint, Sie sind heute ein wenig müde. Sie sind nicht Sie selbst. Sollte ich etwas gesagt haben, das Sie beleidigt hat, möchte ich mich hiermit entschuldigen."

Er klemmte seine Papiere unter den Arm und verließ den Raum. Sie starrte auf seinen Rücken, als er zur Tür hinausging. Er war gebeugt wie der eines alten Mannes, aber nicht vom Alter, sondern wohl eher wegen vorzeitiger Verkrümmung, wie sie sich Beamte durch das viele Buckeln und Verbeugen zuziehen.

Als sie an diesem Tag das Ministerium verließ, sagte sich Fouada, kaum daß sie das rostige Eisengitter hinter sich gelassen hatte: „Nie wieder betrete ich diese scheußliche Gruft." Doch sie schenkte dem Satz nicht allzu viel Beachtung, denn sie hatte ihn in den letzten sechs Jahren jeden Tag gesagt. Sie ging zur Bushaltestelle, um nach Hause zu fahren, aber als sie dort ankam, trugen ihre Füße sie weiter die Straße entlang. Sie wußte nicht, wohin sie ging, lief nur weiter, ziellos. Sie betrachtete die Menschen, die schnell, zielbewußt und mit Entschlossenheit einem bestimmten und bekannten Ziel zustrebten. Sie fragte sich, wie sie ein solches Wunder vollbrachten, wie sie ihre Beine mit solcher Leichtigkeit bewegen konnten. Sie drehte sich, wußte nicht, in welche Richtung sie gehen sollte und fühlte sich allein, von einem engen Kreis umschlossen. Niemand drehte sich mit ihr, niemand war bei ihr, absolut niemand.

Sie hob den Kopf und schrak zusammen, als sie vor sich die großen Gebäude mit den vielen Schildern an der Fassade erblickte. Sie erinnerte sich plötzlich, daß sie heute morgen an ihrem Schreibtisch zu einem Entschluß gekommen war, einem endgültigen, einem unwiderruflichen Entschluß. Ja, sie würde eine kleine Wohnung mieten und sich dort ein eigenes chemisches Labor einrichten. Sie straffte die

Schultern und stampfte kräftig mit dem Fuß auf. Ja, das war ihr Entschluß und das war ihr Vorhaben, und nichts würde sie davon abbringen.

Sie befand sich in der Quasr al-Nil-Straße, schlenderte langsam weiter und musterte die Gebäude. Von Zeit zu Zeit blieb sie stehen, um einen Hausmeister nach einer leeren Wohnung zu fragen. Auf Höhe der Oper überquerte sie die Straße, ging auf der Gegenseite zurück und musterte die dortigen Gebäude.

Einer der Hausmeister, die sie ansprach, starrte sie aus blutunterlaufenen Augen in seinem dunklen Gesicht an und fragte dann:

„Haben Sie tausend Pfund?"

„Wofür?", erwiderte sie.

„Hier wird zu Beginn des Monats eine Wohnung frei, aber der Besitzer will die Möbel an den Nachmieter verkaufen."

„Sind die Möbel in der Wohnung?"

„Ja."

„Kann ich sie sehen?"

„Ja."

Sie folgte ihm in die Halle des Gebäudes. Er ging zum Aufzug, drückte mit seinem langen, dünnen Finger, der wie ein schwarzer Bleistift mit weißer Spitze aussah, die Nummer 12. Während sie hinauffuhren, fragte sie:

„Wieviele Zimmer hat die Wohnung?"

„Drei", antwortete er.

„Und die Miete?"

„Bisher sechs Pfund im Monat."

„Wer ist der Besitzer?"

„Ein bedeutender Geschäftsmann."

„Wohnt er dort?", wollte sie wissen.

„Nein, er hat die Wohnung als Büro benutzt."

Der Aufzug hielt im zwölften Stock. Der Hausmeister ging auf eine große, braune Tür zu, die ein kleines Messingschild mit der Nummer 129 trug. Er öffnete die Tür, ging hinein und sie folgte ihm in einen kleinen Wohnraum, möbliert mit einem breiten Sofa, dessen Sitz fast bis auf den Boden durchhing, zwei hohen, alten Stühlen und einem schäbigen Holztisch. Im nächsten Zimmer sah sie ein breites, blaues Eisenbett, einen großen Sessel und einen Kleiderständer. Sie betrat das dritte Zimmer und erwartete, einen Schreibtisch vorzufinden, sah aber nur ein weiteres Bett, einen Kleiderschrank und einen Spiegel. Zum Hausmeister gewandt fragte sie:

„Wo ist der Schreibtisch?"

Seine bläulichen Lippen wölbten sich auf und ließen die feuchte, rote Innenseite erkennen, während er brummelte:

„Weiß ich nicht. Ich bin nur der Hausmeister."

Fouada wanderte durch die Wohnung und ging ans Fenster. Von dieser luftigen Höhe aus konnte sie das Zentrum von Kairo überblicken. Sie konnte die Hauptstraßen und die Plätze ausmachen, die Brücken und die Nilarme. Fouada war noch nie so hoch oben gewesen, und Kairo sah so viel kleiner aus, als sie es sich vorgestellt hatte. Die Menge, in der sie verschluckt wurde, die Busse, die sie zu zerquetschen drohten, das Netzwerk der langen, breiten Straßen, in denen sie sich verlaufen konnte – alles war nun fern, unwirklich – nicht länger eine große Stadt, sondern ein Ameisenhaufen, krabbelnd und wimmelnd ohne Sinn, ohne Bedeutung.

Diese Verkleinerung, während sie selbst ihre Größe, ihr Gewicht behielt dort am Fenster, füllte sie mit einer seltsamen Freude. Vielleicht war sie sogar größer und gewichtiger im Vergleich zu dem, was sie dort unten sehen konnte?

Die Stimme des Hausmeisters schreckte sie auf:

„Gefällt Ihnen die Wohnung?"

Sie drehte sich zu ihm um und meinte träumerisch: „Ja."

Mit einem Blick auf das Eisenbett sagte sie:

„Aber kann man die Ablösung nicht runtersetzen? Die

Möbel sind nicht mehr wert als ..."

Der Hausmeister flüsterte ihr ins Ohr:

„Sie sind überhaupt nichts wert, aber heutzutage würde die Wohnung – diese Wohnung – für nicht weniger als dreißig oder vierzig Pfund pro Monat vermietet werden."

„Das stimmt", gab sie zu, „aber auch wenn ich mich selbst zu Markte trüge, könnte ich keine tausend Pfund auftreiben."

Das dunkle Gesicht lächelte und enthüllte erstaunlich weiße Zähne.

„Sie sind Ihr Gewicht in Gold wert!", erklärte er.

Dieses Kompliment freute Fouada sehr und gab ihr ein Gefühl, wie sie es lange nicht mehr empfunden hatte. Sie lächelte breit.

„Danke, Onkel ..."

„Othman", sagte der Hausmeister.

„Danke, Onkel Othman."

Sie fuhren im Aufzug wieder hinunter. Sie schüttelte die Hand des Hausmeisters, dankte ihm und wollte gehen, als er fragte:

„Wofür wollen Sie die Wohnung denn mieten? Um darin zu leben?" „Nein", antwortete Fouada, „um ein Chemielabor einzurichten."

„Chemie?", entfuhr es ihm.

„Ja, Chemie."

Wieder lächelte er und sagte, als habe er nun verstanden:

„Ah ja, ja, Chemie. Gut geeignet dafür, die Wohnung."

„Sehr gut", bestätigte Fouada, „aber ..."

Der Hausmeister brachte seine Lippen nahe an Fouadas Ohr.

„Sie könnten sich mit dem Besitzer einigen. Vielleicht geht er auf sechshundert Pfund runter. Sie sind die erste, der ich das sage, aber Sie sind ein guter Mensch und verdienen das Beste."

„Sechshundert?", meinte Fouada zu sich. Würde ihre

Mutter ihr die sechshundert geben können? Unsicher sah sie den Hausmeister an.

„Ich kann einen Termin mit dem Besitzer ausmachen, wenn Sie wollen", schlug er vor.

Sie öffnete den Mund, wollte ablehnen, sagte aber stattdessen:

„Ja, gut."

„Morgen ist Freitag. Er kommt jeden Freitag her, um das Gebäude zu inspizieren."

Stolz lächelnd fügte er hinzu:

„Ihm gehört das ganze Gebäude."

„Wann wird er hier sein? Um welche Zeit?", fragte sie.

„So gegen zehn Uhr vormittags."

„Ich komme um halb elf, aber Sie müssen ihm sagen, daß ich im Moment keine sechshundert Pfund habe."

„Zahlen Sie das, was Sie haben, und den Rest in Raten", empfahl ihr der Hausmeister. „Ich kann das für Sie arrangieren, er wird mit sich reden lassen."

Mit seinem Mund wieder nah an ihrem Ohr flüsterte er:

„Die Wohnung steht seit sieben Monaten leer, aber Sie dürfen ihm nicht sagen, daß Sie das wissen, denn dann weiß er, daß Sie es von mir haben. Sie sind die Erste, der ich das erzähle, aber Sie sind ein guter Mensch und verdienen das Beste."

Fouada lächelte.

„Danke, Onkel Othman. Ich werde mich bestimmt erkenntlich zeigen."

Sein antwortendes Lächeln war voller Erwartung.

* * *

Fouada kam nach Hause, bevor es dunkel wurde. Ihre Mutter saß in Wolldecken gehüllt im Wohnzimmer. Om Ali, die Köchin, war bei ihr. Sofort, als sie Fouada eintreten hörte, stand Om Ali auf und rief:

„Gott sei Dank, daß Sie da sind."

Sie hüllte ihren schrumpligen Körper in ein schwarzes Tuch, klemmte ihre kleine Handtasche unter den Arm, bereit, nach Hause zu gehen. Fouada sah in die großen Augen ihrer Mutter, deren Weiß von einem durchsichtigen, blaßgelben Schleier überzogen war. Ihre Nasenspitze war rot, als wäre sie erkältet. Mit matter Stimme sagte sie:

„Ich habe mir den ganzen Tag Sorgen gemacht um dich. Warum hast du nicht angerufen?"

Fouada setzte sich an den Tisch.

„Es war kein Telefon in der Nähe, Mama."

„Wieso? Wo bist du die ganze Zeit gewesen?", fragte die Mutter.

Fouada schob sich einen Löffel Reis mit Tomatensoße in den Mund.

„Ich bin in den Straßen umhergelaufen."

Erstaunt rief ihre Mutter aus:

„In den Straßen umhergelaufen? Warum?"

Fouada schluckte den Reis hinunter.

„Ich habe nach einer großen Entdeckung gesucht."

Überraschung machte sich auf dem Gesicht der Mutter breit:

„Was sagst du da?"

Fouada lächelte, kaute auf einem Stück gegrillten Fleisch.

„Hast du dein altes Gebet schon vergessen?"

Und sie ahmte die demütige Gebetshaltung und den Akzent ihrer Mutter genau nach und zitierte:

„Möge der Herr dir helfen, Fouada, meine Tochter, eine große Entdeckung in der Chemie zu machen!"

Die ausgetrockneten Lippen ihrer Mutter öffneten sich zu einem schwachen Lächeln:

„Wie sehr ich dir das wünsche, meine Tochter."

Fouada fühlte sich glücklich, nahm ein Stück Tomate, mit

grünem Pfeffer bestreut, und erklärte:

„Es scheint, als könnte dein Gebet erhört werden."

Das glückliche Strahlen der Mutter vertiefte die Runzeln in ihrem Gesicht.

„Wieso? Hast du vom Ministerium eine Gehaltserhöhung bekommen? Oder bist du befördert worden?"

Das Ministerium! Warum mußte sie es erwähnen? Hätte sie damit nicht wenigstens warten können, bis sie fertig gegessen hatte? Fouada fühlte, wie ihr der Genuß am Essen verging und der chronische Schmerz wieder in ihren Magen kroch, begleitet von einer trockenen Übelkeit, die nicht verschwinden würde. Ohne zu antworten, stand sie auf, um sich die Hände zu waschen, doch erneut hörte sie die Mutter sagen:

„Mach mich glücklich, meine Tochter. Bist du befördert worden?"

Fouada kam aus dem Badezimmer zurück und stand vor ihrer Mutter.

„Wozu soll eine Beförderung gut sein, Mama?", rief sie. „Wozu soll das ganze Ministerium gut sein? Du stellst dir das Ministerium als etwas Besonderes vor, aber es ist nur ein alter Kasten kurz vor dem Zusammenbrechen. Du stellst dir vor, daß ich jeden Tag, an dem ich früh hier weggehe und am Nachmittag wiederkomme, im Ministerium etwas gearbeitet habe, aber du würdest mir nicht glauben, wenn ich dir sagte, daß ich nichts getan habe, überhaupt nichts, außer meinen Namen in die Anwesenheitsliste zu schreiben!"

Ihre Mutter starrte sie aus großen, trüben Augen traurig an.

„Aber warum tust du denn nichts? Sie werden nicht mit dir zufrieden sein, und du wirst nicht befördert werden."

Fouada schluckte hart und sagte bitter:

„Beförderung! Die Beförderung hängt von deiner Geburtsurkunde ab und davon, wie biegsam dein Rücken ist!"

„Wie biegsam dein Rücken ist?", fragte die Mutter erstaunt. „Arbeitest du in der chemischen Forschung oder in der Abteilung für Sport?"

Fouada lachte kurz auf und legte der Mutter den Finger auf den Mund.

„Sprich nicht von Forschung, es ist ein sensibles Wort."

„Warum?"

„Nichts, ich hab nur Spaß gemacht. Ich will damit sagen, daß ich mir ein chemisches Labor einrichten werde."

Fouada setzte sich neben die Mutter und erklärte eifrig, was es für sie bedeutete, ein eigenes Labor zu haben. Sie würde Analysen machen für andere Leute und eine Menge Geld verdienen. Abgesehen davon würde sie dort forschen und vielleicht etwas Wichtiges entdecken, das die Welt verändern könnte. Nach dieser begeisterten Einleitung mußte Fouada das leidige Thema Finanzen anschneiden, ihre Mutter um Geld bitten. Die Mutter hatte aufmerksam und glücklich allem zugehört, was Fouada erzählte, bis sie zu den Andeutungen ihrer Bitte um Geld kam. Sie erkannte den unmißverständlichen Ton in Fouadas Stimme, wußte sofort, daß Fouada etwas haben wollte.

Schließlich sagte sie:

„Das ist sehr schön. Alles, was ich tun kann, ist, dir jeden nur denkbaren Erfolg zu wünschen, meine Tochter."

„Aber Wünsche allein sind nicht genug, Mama", gab Fouada zurück. „Mit Wünschen kann ich kein Labor eröffnen. Ich brauche Geld, um das nötige Material und die Apparaturen zu kaufen."

Die Mutter warf ihre von dicken Adern überzogenen Hände in die Luft.

„Geld? Und woher soll das Geld kommen? Du weißt, daß die Quelle versiegt ist."

„Aber du sagtest doch einmal, daß du etwa tausend Pfund hast."

Alle Schwäche war aus der Stimme der Mutter verschwunden:

„Tausend? Es sind längst nicht mehr tausend. Hast du vergessen, daß wir davon die Wohnung streichen ließen und neue Möbel gekauft haben? Hast du das vergessen?"

„Hast du dafür die ganzen tausend Pfund ausgegeben?", fragte Fouada.

Die Mutter preßte die Lippen zusammen.

„Der Rest reicht gerade noch für meine Beerdigung."

„Denk doch nicht daran, Mama", rief Fouada.

Mit schwacher Stimme und einem kraftlosen Seufzen sagte die Mutter:

„Es ist nicht mehr lange hin, Tochter. Wer weiß, was morgen geschieht. Vor ein paar Tagen hatte ich einen bösen Traum."

„Nein ... nein ... sag so etwas nicht", stieß Fouada hervor und sprang auf. „Du wirst hundert Jahre alt. Du bist doch erst fünfundsechzig, hast also noch fünfunddreißig Jahre zu leben. Und nicht nur ein gewöhnliches Leben, sondern ein glückliches und leichtes, weil deine Tochter Fouada in diesen Jahren Wunder wirken wird und das Geld vom Himmel auf dich regnet!"

Die Mutter schluckte hart.

„Warum hast du kein Geld gespart? Ich habe tausend Pfund von der Pension deines Vaters gespart, die drei Pfund niedriger war als dein Gehalt. Wohin verschwindet all dein Geld?"

„Mein Geld?", gab Fouada zurück. „Mein Gehalt reicht ja nicht mal, um ein vernünftiges Kleid zu kaufen."

Schweigen machte sich breit. Fouada ging zur Tür ihres Zimmers und stand eine Weile dort, betrachtete ihre in Wolldecken gehüllte Mutter auf dem Sofa. Eine Beerdigung oder eine große Entdeckung? Was war wichtiger, sinnvoller? Sie öffnete den Mund, um einen letzten Versuch zu machen.

„Du wirst mir also nichts geben?"

Ohne aufzuschauen, antwortete die Mutter:

„Willst du, daß ich ohne Sarg beerdigt werde?"

Fouada ging in ihr Zimmer und warf sich aufs Bett. Es gab keine Hoffnung mehr, nichts, alles war entschwunden, alles war verloren. Das Chemielabor, die Forschung, Farid, die chemische Entdeckung. Nichts war geblieben, nichts außer ihrem schweren, mutlosen Körper, der aß und trank und urinierte und schlief und schwitzte. Wozu war er nutze? Warum war er das einzige, das übrigblieb? Warum er allein? In dem geschlossenen Kreis?

Sie starrte auf die weiße Wand neben dem Schrank. Etwas Schwarzes war dort, etwas Eckiges, ein Bilderrahmen. Darin ein Foto von einem Mädchen in langem, weißem Brautkleid, einen Strauß Blumen in der geschlossenen Hand, neben ihr ein Junge mit langem Gesicht und einem schwarzen Schnurrbart. Ihr ganzes Leben hatte Fouada dieses Bild im Wohnzimmer hängen sehen, sich aber nie davor gestellt, um es genauer anzuschauen. Ihre Mutter hatte ihr gesagt, es sei ihr Hochzeitsbild, doch sie hatte es nur von weitem mit Blicken gestreift, als sei es ein anderes Mädchen und nicht ihre Mutter.

Nur einmal hatte Fouada vor dem Bild gestanden und es genauer betrachtet. Das war etwa ein Jahr nach dem Tod ihres Vaters. Ihr Geschichtslehrer hatte ihr mit dem Lineal zwanzigmal auf die Hände geschlagen, zweimal auf jeden Finger. Fouada war nach Hause gekommen und hatte sich bei ihrer Mutter beschwert, doch die hatte ihr ins Gesicht geschlagen, weil sie in Geschichte nicht besser aufpaßte. Dann war sie zur Schneiderin gegangen und hatte Fouada allein zu Hause gelassen. Sie wußte nicht, warum sie an jenem Tag vor dem Bild stand, sie war im Haus herumgelaufen, hatte die Wände angestarrt, als wären sie Gefängnismauern. Zum ersten Mal sah sie das Bild. Zum ersten Mal sah sie das Gesicht ihres Vaters. Sie betrachtete seine Augen lange Zeit und bildete sich ein, sie ähnelten den ihren. Und wie ein Messerstich ins Herz wurde ihr plötzlich klar, daß sie ihren Vater liebte, daß sie ihn bei sich haben wollte, daß sie wünschte, er würde sie aus diesen Augen ansehen und sie in den Arm nehmen. Sie hatte ihr Gesicht im Sofakissen vergraben und geweint. Sie weinte, weil sie beim Tod des Vaters nicht geweint, nicht getrauert hatte. Damals wünschte sie sich, ihr Vater würde wieder leben, um noch einmal zu sterben, damit sie weinen und ihr Gewissen beruhigen könnte. Mit der Sofadecke trocknete sie ihre Augen, stand auf, nahm das Bild von der Wand, wischte den Staub vom Glas und schaute es noch einmal an. Es war, als habe der Staub zuvor die Augen ihrer Mutter verschleiert, denn nun wirkten sie klar und weit, zeigten einen merkwürdigen Ausdruck, den sie nie zuvor gesehen hatte, einen mißmutigen, tyrannischen Ausdruck. Fouada hob das Bild hoch, um es wieder an den Haken zu hängen, nahm es dann jedoch mit in ihr Zimmer, schlug einen Nagel neben ihrem Schrank in die Wand und hängte es auf. Danach vergaß sie es und schaute kaum mehr hin.

Jetzt schloß Fouada die Augen, wollte schlafen, spürte aber etwas unter den Lidern, etwas wie brennende Tränen. Sie rieb sich die Augen, wischte mit der Bettdecke über sie, legte ihren Kopf aufs Kissen und zog die Decke hoch, um zu schlafen. Doch in ihren Ohren begann das Summen, wie das ferne, endlose Läuten einer Klingel. Sich erinnerte sich, sprang aus dem Bett und wählte die fünf Ziffern. Es läutete, laut und klar. Die dritte Nacht, und Farid war nicht zu Hause. Wo konnte er sein? Bei einem Verwandten? Aber sie kannte keinen seiner Verwandten. Bei einem Freund? Sie kannte keinen seiner Freunde. Sie kannte nur ihn. Sie kannte ihn nicht auf die herkömmliche Art, wußte nicht, was sein Vater tat oder wieviel Land Farid vielleicht einmal erben würde, wieviel er im Monat verdiente oder welchen Beruf er hatte, sie kannte keine Einzelheiten wie seine Steuererklärungen oder -vergünstigungen, die Nummer seines Passes oder sein Geburtsdatum. All das wußte sie nicht, doch sie kannte ihn in Fleisch und Blut – die Form seiner Augen und das Einzigartige, das in ihnen leuchtete, ein eigenes Leben hatte. Sie kannte die Form seiner Finger, die Art, wie seine Lippen sich teilten, wenn er lächelte, konnte seine Stimme von allen anderen Stimmen unterscheiden, seinen Gang unter hunderten erkennen, kannte den Geschmack seines Kusses in ihrem Mund, die Berührung seiner Hand auf ihrer Haut und seinen Geruch. Ja, sie kannte, sie erkannte genau den warmen, besonderen Geruch, der ihm vorauseilte, und der bei ihr blieb, wenn er gegangen war, der in ihren Kleidern, ihren Haaren und an ihren Fingern haftete, als sei er auf ewig mit ihr verbunden oder als würde er von ihr ausgehen, nicht von ihm.

Doch war das alles, was sie von Farid kannte? Die Form seiner Finger, die Bewegung seiner Lippen, die Art seines Ganges und sein Geruch? Sollte sie vielleicht umherlaufen und ihn suchen, überall herumschnüffeln wie ein Bluthund? Warum wußte sie nicht mehr über ihn? Warum wußte sie nicht, welchen Beruf er hatte oder wo er arbeitete? Warum wußte sie nicht, wo seine Familie oder seine Verwandten und Freunde wohnten? Er hatte es ihr nie gesagt und sie hatte nie gefragt. Warum sollte sie? Er hatte sie auch nicht gefragt. Sie hatten gemeinsam die naturwissenschaftliche Hochschule besucht. So hatte alles angefangen.

Als sie ein nahes Geräusch vernahm, öffnete Fouada die Augen und sah ihre Mutter neben dem Bett stehen. Ihre Augen schienen sogar noch größer und trüber und ihr Gesicht faltiger. Sie hörte sie sagen:

„Wieviel brauchst du, um das Labor einzurichten?"

Fouada schluckte hart.

„Wieviel hast du noch?"

„Achthundert Pfund", sagte die Mutter.

„Wieviel kannst du mir geben?"

Die Mutter schwieg einen Moment und meinte dann: „Hundert."

„Ich brauche zweihundert", erklärte Fouada. „Ich geb's

dir zurück."

Sie sprang aus dem Bett und rief:

„Ich verspreche, dir alles zurückzuzahlen."

Mit trauriger Stimme fragte die Mutter:

„Wann? Du hast ja noch nicht mal deine alten Schulden bezahlt."

Fouada lächelte und sagte:

„Wie kann ich sie je zurückzahlen? Du bittest mich, dir die neun Monate Schwangerschaft, die Schmerzen der Geburt, die Milch aus deiner Brust, die an der Wiege durchwachten Nächte zurückzuzahlen. Kann ich all das je zurückzahlen?"

„Dafür wird Gott mich bezahlen, aber du mußt mir die hundert Pfund wiedergeben, die du letztes Jahr genommen hast."

„Letztes Jahr?", murmelte Fouada zerstreut.

„Hast du das vergessen?", fragte die Mutter.

Fouada erinnerte sich an den Tag vor einem Jahr. Sie hatte auf ihrem Bett gesessen, genau wie jetzt, als plötzlich das Telefon läutete. Sie nahm den Hörer ab und hörte Farids Stimme. Er sprach ungewöhnlich schnell.

„Ich rufe von zu Hause an. Es ist dringend. Kannst du mir Geld leihen?"

„Ich habe zehn Pfund", bot sie an.

„Ich brauche hundert", hatte er schnell gesagt.

„Wann?", fragte sie.

„Heute, spätestens morgen."

Es war das erste Mal, daß Farid sie um etwas bat, das erste Mal, daß überhaupt jemand sie um etwas bat. Sie war krank gewesen an jenem Tag, hatte unerträgliche Kopfschmerzen und konnte sich kaum bewegen, aber plötzlich war ihre Kraft zurückgekehrt, sie richtete sich auf und starrte an die Wand. Sie würde aufstehen können und sich auf die Suche nach den hundert Pfund machen. Schnell stand sie auf und zog sich an. Sie wußte nicht, woher sie das Geld nehmen sollte, wußte nur, daß sie sich aufmachen mußte, um es zu beschaffen. Benommen wanderte sie durch die Straßen, Ideen schossen ihr durch den Kopf – vom Vertrauen auf Gott bis zu Stehlen und Morden. Schließlich fiel ihr ihre Mutter ein, und sie eilte zurück nach Hause.

Geld von ihrer Mutter zu bekommen, war nicht leicht; erst ein Riesenlügengespinst, das die Mutter glauben ließ, Fouadas Leben hinge von diesen hundert Pfund ab, brachte Erfolg. Das war ein historischer Augenblick, der Augenblick, als Fouada das Geld in ihre Tasche stopfte und zu Farids Wohnung eilte. Als er ihr die Tür öffnete, zitterte sie und atmete schwer. Rasch griff sie in die Handtasche und legte die hundert Pfund auf den Schreibtisch, ohne ein Wort, überglücklich.

Ja, sie war glücklich. Vielleicht war es der glücklichste Augenblick ihres Lebens – in der Lage zu sein, etwas für Farid zu tun, in der Lage zu sein, etwas für irgend jemanden zu tun, etwas Sinnvolles. Farid schaute sie aus braunen, leuchtenden Augen an, in denen sie das seltsame Etwas sah, das sie liebte, aber nicht verstand.

„Danke, Fouada", sagte er und umarmte sie. Statt sie auf den Mund zu küssen, wie er es immer tat, wenn sie sich bei ihm trafen, küßte er sie sanft auf die Stirn, wandte sich rasch ab und erklärte:

„Ich muß jetzt gehen."

Fouada weinte an jenem Abend, als sie nach Hause kam. Hätte er nicht fünf Minuten länger bleiben können? War er so beschäftig, daß er sie nicht einmal küssen konnte? Was konnte ihm so wichtig sein?

Teil zwei

Sie saß auf einem alten Stuhl im Wohnzimmer. Der Hausbesitzer saß ihr gegenüber. Zwischen ihnen stand ein schäbiger Tisch, darauf ein Tablett mit zwei kleinen Kaffeetassen. Der Mann hatte ein großes, fleischiges Gesicht; eines jener Gesichter, die sofort Mißtrauen wecken, die durch die Art der Bewegung der Lippen oder der Augen oder durch etwas Unerklärliches den Eindruck von Lüge und Betrug vermitteln. Vielleicht lag es daran, daß seine vorquellenden Augen ständig unkontrolliert hin- und herschossen oder daß seine Lippen leicht zitterten, wenn er sie öffnete, um schnelle, gemurmelte Worte hervorzustoßen. Es war ihr nicht ganz klar.

Aber sollte sie Menschen nach ihrem Aussehen beurteilen? Besaß sie nicht einen wissenschaftlich geschulten Verstand? Sollte sie Menschen nach ihrem Gefühl und ihrem ersten Eindruck beurteilen? Warum hörte sie nicht auf mit dieser dummen Angewohnheit?

Sie sah seine dünne Oberlippe zittern, während er sprach, wobei sich große, gelbe Zähne zeigten.

„Die Miete für diese Wohnung liegt heute nicht unter dreißig Pfund im Monat", sagte er.

Sie griff nach ihrer Kaffeetasse.

„Ich weiß, ich weiß, aber ich habe nur zweihundert Pfund. Die kann ich Ihnen bezahlen, ohne die Möbel zu übernehmen. Ich brauche sie nicht."

Seine vorquellenden Augen flackerten hinter den dicken Gläsern und erinnerten sie an einen großen Fisch unter Wasser. Er blickte kurz zu dem Hausmeister hinüber, der an der Tür stand und meinte:

„Wenn Sie die Möbel nicht brauchen, gehe ich auf vierhundert Pfund runter."

Sie schluckte den bitteren Kaffee hinunter und erwiderte:

„Ich sagte Ihnen doch, daß ich nur zweihundert Pfund habe."

Mit einem unterwürfigen Blick auf seinen Herrn sagte der Hausmeister:

„Bitte, Herr, sie könnte doch jetzt die zweihundert Pfund zahlen und den Rest in Raten."

Die dünnen Lippen verzogen sich zu einem Lächeln und die Fischaugen bebten.

„In Ordnung, und wie hoch werden die Raten sein?"

Fouada hatte keine Ahnung von solchen Verhandlungen. Sie wollte die Wohnung; in der Tat war sie zur einzigen Hoffnung ihres Lebens geworden, fast die einzige Rettung vor jenem Verlorensein, jenem Abgrund; die einzig verläßliche Spur, die sie zur chemischen Forschung führen würde – vielleicht zu einer großen Entdeckung. Aber dieses große, fleischige Gesicht, diese vorstehenden Augen, die sie hungrig abtasteten, als wäre sie ein Stück Fleisch – würden sie sich mit zweihundert Pfund als Gegengabe für nichts zufrieden geben? Wie sollte sie den Rest bezahlen? Sie würde Instrumente und Ausrüstung auf Raten kaufen müssen. Woher sollte sie das alles nehmen? Dann mußte sie auch noch die monatliche Miete für die Wohnung zahlen und jemanden einstellen, der die Kunden empfing und half, das Labor sauberzuhalten.

Sie ließ den Kopf hängen und dachte schweigend nach. Plötzlich schaute sie ihn an. Er starrte gierig auf ihre Beine, und sie zog automatisch ihren Rock über die Knie.

„Ich kann keine Raten bezahlen", sagte sie, nahm ihre Handtasche, stand auf und wollte gehen. Auch er stand auf und schaute zu Boden, als wäre es ihm peinlich, während er bedauernd murmelte:

„Ich bin noch nie unter fünfhundert Pfund gegangen, obwohl viele Leute zu mir gekommen sind, aber ich habe es lange Zeit abgelehnt, die Wohnung zu vermieten. Es ist die beste Wohnung im ganzen Gebäude."

„Ja, es ist eine hübsche Wohnung", erwiderte sie und ging zur Tür. „Aber ich kann nicht mehr als zweihundert Pfund bezahlen."

Sie ging auf den Fahrstuhl zu und spürte seinen brennenden Blick in ihrem Rücken. Er öffnete ihr die Fahrstuhltür und trat nach ihr ein. Er war groß und breitschultrig, hatte einen vorstehenden Bauch und kleine Füße. Bevor der Fahrstuhl sich in Bewegung setzte, sagte er zum Hausmeister:

„Schließ die Wohnung ab, Othman."

Der Fahrstuhl glitt abwärts. Sie sah seine Augen mit prüfendem Blick über ihren Busen wandern. Sie verschränkte die Arme über der Brust und und beschäftigte sich damit, in den Spiegel zu schauen. Als sie ihr Gesicht sah, schreckte sie zurück. Sie hatte es seit einer Weile nicht betrachtet, konnte sich nicht erinnern, in den letzten zwei Tagen seit Farids Verschwinden in den Spiegel geschaut zu haben. Vielleicht hatte sie beim Kämmen kurz auf ihr Haar gesehen, aber nicht ihr Gesicht wahrgenommen. Jetzt sah es länger aus als je zuvor, die Augen waren weiter, das Weiße blutunterlaufen. Ihre Nase war noch dieselbe, auch ihr Mund mit dem häßlichen, unwillkürlichen Spalt. Sie schloß die Lippen und schluckte hart. Der Fahrstuhl hielt im Erdgeschoß. Sie spürte, wie der Hausbesitzer sie nach wie vor durch seine dicken Brillengläser musterte. Sie öffnete die Fahrstuhltür und wollte eilig das Gebäude verlassen, als sie seine Stimme hinter sich hörte:

„Entschuldigen Sie, Fräulein..."

Als sie sich umdrehte, fuhr er fort: „Ich weiß nicht, wofür Sie die Wohnung haben wollen ... um darin zu leben?"

„Nein", gab sie ärgerlich zurück, „um ein Chemielabor einzurichten."

Seine Oberlippe entblößte erneut seine großen, gelben Zähne.

„Das ist wunderbar. Werden Sie selbst darin arbeiten?"

„Ja."

Seine Augen flackerten kurz, dann sagte er:

„Ich würde Ihnen die Wohnung gerne geben, aber..."

„Vielen Dank", unterbrach sie ihn, „aber wie ich schon

sagte, ich habe nur zweihundert Pfund."

Er starrte sie einen Moment lang an.

„Ich nehme die zweihundert Pfund. Sie können sicher sein, daß ich niemand anderem gegenüber so entgegen-kommend wäre."

Überrascht schaute sie ihn an.

„Heißt das, Sie sind einverstanden?"

Er schenkte ihr ein schwaches Lächeln aus seinen vor-quellenden Froschaugen, die hinter den dicken Gläsern schwammen:

„Nur um Ihnen einen Gefallen zu tun."

Sie verbarg ihre Freude und fragte:

„Kann ich sofort bezahlen?"

„Wenn Sie wollen", erwiderte er.

Sie öffnete die Handtasche und gab ihm die zweihundert Pfund.

„Wann soll ich den Mietvertrag unterschreiben?"

„Wann immer Sie möchten", sagte er.

„Jetzt?"

„Jetzt", antwortete er.

* * *

Fouada verließ das Gebäude und ging mit ernstem Gesicht die Straße hinunter. Irreale, traumähnliche Gefühle erfüll-ten sie, eine Mischung aus Überraschung, die Wohnung bekommen zu haben und extremer Furcht, sie wieder zu verlieren; es war diese Furcht, die man verspürt, wenn man etwas Wertvolles bekommt und damit rechnet, es im selben Augenblick wieder verlieren zu können.

Es war, als wäre das Geschehene nur ein Traum. Sie öffnete ihre Handtasche und sah den Mietvertrag zusammen-gefaltet unter ihrer Geldbörse. Sie nahm ihn heraus, faltete ihn auseinander und blieb stehen, um einige Worte genauer zu betrachten: Der Vermieter, Mohammed Saati; die Mieterin, Fouada Khalil Salim. Nachdem sie sich solchermaßen überzeugt hatte, daß es tatsächlich Realität war, faltete sie den Vertrag wieder zusammen, schob ihn in die Handtasche zurück und ging weiter.

Das Herz war ihr schwer. Was war es nur, das auf ihr lastete? Sollte sie nicht glücklich sein? Hatte sie nicht die Wohnung bekommen? War sie nicht am Ziel ihrer Wünsche, ihrer Hoffnungen? Würde sie nun nicht ihr eigenes Chemielabor haben? Forschen können? Vielleicht ihre Entdeckung machen? Ja, sie sollte glücklich sein, doch ihr Herz war schwer wie ein Stein.

Sie hatte kein Verlangen, nach Hause zu gehen und ließ sich von ihren Füßen tragen, wohin sie wollten. Dann sah sie ein Telefon hinter einer Glastür, stieß sie auf, trat ein und wollte gerade den Hörer abnehmen, als eine brummige Stimme sagte: „Das Telefon können Sie nicht benutzen." Sie trat hinaus und suchte nach einem anderen Telefon. Es war ein Uhr Mittag, Freitag. Vielleicht war Farid zurückgekommen, aber in ihrem Herzen wußte sie, daß sie ihn nicht antreffen würde. Jenes nicht abbrechende, laute Klingeln war alles, was sie hören würde. Es war besser, nicht anzurufen, besser, sich keine Gedanken mehr über ihn zu machen. Er hatte sie verlassen, war verschwunden, warum also ihr Herz mit Sorge um ihn beschweren?

Sie entdeckte ein Telefon in einem Zigarettenkiosk, tat so, als sähe sie es nicht und ging vorbei, kehrte aber um und hob mit kalten, zitternden Fingern den Hörer ab.

Das Läuten drang in ihr Ohr wie ein scharfes Instrument. Es tat ihr weh, aber sie preßte den Hörer nur noch fester ans Ohr, als würde sie den Scherz genießen, als würde er einen größeren und stärkeren Schmerz betäuben; sie benahm sich wie jemand, der sein Fleisch mit glühenden Eisen verbrennt, um sich von einem Schmerz in der Leber oder der

Wirbelsäule zu befreien. Der Hörer blieb an ihr Ohr gepreßt, schien an ihm zu kleben, bis sie den Kioskbesitzer sagen hörte:

„Andere wollen auch noch das Telefon benutzen ..."

Sie legte auf und ging mit gesenktem Kopf weiter. Wohin war er verschwunden? Warum hatte er ihr nicht die Wahrheit gesagt? War alles ein Betrug gewesen? Ihre Gefühle nichts als Lüge? Warum konnte sie nicht aufhören, an ihn zu denken? Wie lange wollte sie noch durch die Straßen ziehen? Welchen Sinn hatte es, sich im Kreis zu drehen wie die Zeiger einer Uhr? Sollte sie nicht anfangen, Instrumente und Ausrüstung für das Labor zu kaufen?

Sie hob den Kopf und sah vor sich einen Rücken, der Farids Rücken glich. Wie angewurzelt, als habe sie der Schlag getroffen, blieb sie stehen. Doch als sie das Gesicht des Mannes im Profil sah, entspannte sie sich: es war nicht Farid. Ihre Muskeln schienen erschlafft wie nach einem Elektroschock; es war ihr unmöglich, weiterzugehen, ihre Beine hatten nicht mehr die Kraft, sie aufrecht zu halten. Ganz in der Nähe war ein kleines Café mit Tischen auf der Straße, also setzte sie sich auf einen der Stühle und blickte sich um, nur halb bei Bewußtsein. Alles schien so vertraut. Hatte sie das alles nicht schon einmal gesehen? Den lahmen alten Mann, der Lotterielose verkaufte? Den dunkelhäutigen Kellner mit der tiefen Narbe am Kinn? Den länglichen Marmortisch, auf dem ihre Hände lagen? Den kleinen, fetten Mann am Nebentisch, der Kaffee trank; die feinen braunen Linien auf der Tasse? Selbst das Zittern der Hand des Mannes, als er seine Kaffeetasse an den Mund hob? All das hatte es schon einmal gegeben. Aber sie hatte noch nie in diesem Café gesessen, war nicht einmal in dieser Straße gewesen... doch hier zu sitzen... der lahme alte Mann, der Kellner, der Tisch... all das hatte sie bestimmt schon einmal erlebt, sie wußte nur nicht, wo oder wann...

Sie erinnerte sich, einmal etwas über Reinkarnation gelesen zu haben und überlegte skeptisch, ob sie vielleicht schon mal in einem anderen Köper gelebt habe.

Augenblicklich ging ihr ein seltsamer Gedanke durch den Kopf: sie würde Farid auf der Straße hier vorbeigehen sehen. Es war mehr als ein Gedanke, eine Idee, es war eine Überzeugung. Es schien sogar, als habe eine geheime Macht sie zu genau diesem Café in genau dieser Straße in genau diesem Augenblick geführt, ausschließlich um Farid hier zu sehen.

Sie glaubte nicht an verborgene Geister. Ihr Verstand war wissenschaftlich geschult und glaubte nur an das, was analysiert und in ein Reagenzglas gefüllt werden konnte. Aber diese plötzliche Überzeugung überwältigte sie so sehr, daß sie vor Furcht zitterte und sich vorstellte, sie werde in dem Augenblick, in dem sie Farid erblickte, zu Boden fallen, vom Glauben niedergestreckt wie von einer unsichtbaren Hand.

Sie spannte die Muskeln in Gesicht und Körper, bereit für den Schlag, der sie im gleichen Moment treffen würde, in dem sie Farid unter den Vorbeigehenden sah. Ohne zu blinzeln, streiften ihre Augen suchend über die Passanten, ihr Atem stockte, ihr Herz schlug wie wild, als wolle es noch den letzten Tropfen Blut aus sich herauspressen.

Der Augenblick verstrich; sie sah Farid nicht. Sie schluckte, wurde ruhiger, dankte Gott, daß er nicht erschienen war, daß sein Anblick sie nicht zu Boden gestreckt hatte. Dann befiel sie die Angst, daß sie, nachdem sich ihre Vorahnung nicht erfüllt hatte, erneut in den Abgrund des Wartens, des Suchens stürzen würde. Sie hoffte immer noch, ihn zu entdecken, starrte weiter den vorbeigehenden Männern ins Gesicht, schaute jeden prüfend an. Einige hatten Ähnlichkeit mit Farid im Ausdruck, in einer Bewegung, und ihre Augen verharrten für Momente auf dieser Ähnlichkeit, als sähen sie einen wirklichen Teil Farids.

Es dauerte einige Zeit, bis Fouada sich eingestand, daß

ihre seltsame Überzeugung falsch gewesen war. Ihr Kopf und ihre Nackenmuskeln erschlafften vor Enttäuschung, doch gleichzeitig überkam sie eine gewisse Erleichterung, jene Art Erleichterung, die man empfindet, wenn einem die Bürde, etwas zu verantworten oder zu glauben, abgenommen wird.

* * *

Fünf Tage später war das Labor fertig eingerichtet. Es war Dienstag Nachmittag und Fouada ging die Qasr al-Nil-Straße entlang auf dem Weg zum Labor, ein Paket mit Reagenzgläsern und dünnen Gummischläuchen in der Hand. An der Kreuzung blieb sie stehen und wartete mit anderen auf das Signal zum Überqueren der Straße.

Während sie auf das grüne Licht wartete, betrachtete sie die Fassade des gegenüberliegenden Gebäudes. Fenster, Balkone, Eingänge und Teile der Wände hingen voller Reklameschilder mit den Namen von Ärzten, Anwälten, Steuerberatern, Schneidern, Masseusen und anderen Selbständigen. Die in großen schwarzen Buchstaben auf weißem Grund gemalten Namen sahen aus wie Todesanzeigen in der Zeitung, dachte sie. Sie sah ihren Namen – Fouada Khalil Salim – in schwarzen Buchstaben oben auf der einen Seite... und ihr Herz erschauerte, als würde sie ihre eigene Todesanzeige lesen. Aber sie wußte, daß sie nicht gestorben war; sie stand an der Ampel, wartete auf Grün, konnte ihre Arme bewegen. Als sie ihre Arme schwenkte, stieß sie einen Mann neben sich an, der dort mit drei anderen Männern stand. Sie alle betrachteten die Fassade des Gebäudes gegenüber und lasen die Reklameschilder. Sie bildete sich ein, sie würden ihrem Namen besondere Aufmerksamkeit schenken und verkroch sich voll Unbehagen im Kragen ihres

Mantels. Es kam ihr so vor, als stünde ihr Name nicht mehr in schwarzen Buchstaben dort, sondern in intimeren Zeichen – Gliedmaßen vielleicht – den Gliedern ihres eigenen Körpers. Während die Augen der Männer ihren zur Schau gestellten Namen betrachteten, überkam sie das verwirrende Gefühl, sie würden ihren nackten Körper mustern, ausgestellt in einem Fenster. Als die Ampel umsprang, schlüpfte sie zwischen die anderen Passanten, um sich zu verstekken, und sie erinnerte sich an einen Vorfall, der sich während ihres ersten Schuljahres zugetragen hatte. Der Religionslehrer, dessen dicke Nase gebogen war wie der Schnabel eines Vogels, stand vor den sechs- bis achtjährigen Mädchen der Klasse und erläuterte die religiösen Vorschriften für weibliche Sittsamkeit. An jenem Tag sagte er, daß Frauen den Körper zu bedecken hätten, weil er etwas Intimes sei, und daß sie nicht in Gegenwart fremder Männer sprechen dürften, weil sogar ihre Stimme etwas Intimes sei. Er sagte auch, daß ihr Name etwas Intimes sei und nicht in Gegenwart fremder Männer laut ausgesprochen werden dürfe. Er nannte ein Beispiel: „Wenn ich, nur im äußersten Notfall, meine Frau in Gegenwart anderer Männer erwähnen muß, gebe ich niemals ihren wahren Namen preis."

Fouada, das kleine Mädchen, hörte zu, ohne auch nur ein Wort zu verstehen, achtete aber genau auf den Gesichtsausdruck des Lehrers. Als er das Wort intim sagte, verstand sie nicht, was es bedeutete, aber sie erkannte an seinem Gesicht, daß es etwas Häßliches und Obszönes sein mußte, sank in ihrem Stuhl zusammen und trauerte um ihr weibliches Selbst. Der Tag wäre vielleicht friedlich verlaufen wie jeder andere, aber der Religionslehrer beschloß, sie nach der Bedeutung des Gesagten zu fragen... Sie erhob sich, vor Furcht zitternd, und als sie da stand, lief ihr – sie wußte nicht, wie ihr geschah – ungewollt Urin die Beine hinunter. Die Augen aller Mädchen richteten sich auf ihre nassen Beine, sie wollte weinen, schämte sich aber zu sehr.

* * *

Fouada stand in ihrem Labor. Alles um sie herum war neu, blitzsauber und bereit: die Röhrchen, die Reagenzgläser, die Apparate, die Becken, alles. Sie ging zum Mikroskop, das einen eigenen Tisch mit eigener Beleuchtung hatte, drehte am Einstellknopf, schaute durch das Okular. Sie sah einen sauberen, leeren Lichtkreis und dachte:

„Vielleicht werde ich eines Tages in diesem Kreis das Objekt meiner langen Suche finden."

Sie fühlte das Verlangen zu arbeiten, zog sich den weißen Kittel über, drehte die Leitung auf und zündete den Bunsenbrenner an. Im leise zischenden, bläulich schimmernden Licht der Flamme nahm sie mit der Metallklammer ein Reagenzglas hoch, spülte es sorgfältig aus, damit auch nicht eine Staubfluse zurückblieb, hielt es zum Trocknen über die Flamme und stellte sich innerlich auf die Untersuchung ein.

Doch sie blieb regungslos stehen, hielt das leere Reagenzglas, starrte hinein, als habe sie das Objekt ihrer Forschung vergessen und merkte, wie kalter Schweiß auf ihre Stirn trat. Eine grundsätzliche Frage stellte sich plötzlich, eine Frage, auf die sie stets die Antwort gewußt hatte; aber als sie nun tatsächlich mit ihr konfrontiert war und nachzudenken begann, entwand sich ihr die Antwort. Je mehr sie nachdachte, desto weiter entschwand die Antwort. Ihr kam der Tag in den Sinn, an dem eine Kollegin ihr die Zukunft aus dem Kaffeesatz gelesen hatte. Die Freundin hatte plötzlich gefragt:

„Wie heißt deine Mutter?"

Von der nicht erwarteten Frage aufgeschreckt, reagierte Fouada mit Bestürzung. Sie konnte sich nicht an den Namen ihrer Mutter erinnern. Die Freundin beharrte aber darauf, und je mehr sie drängte, desto weiter schien sich der Name Fouadas Gedächtnis zu entziehen, bis sie schließlich ohne ihn weitermachen mußten. Doch kaum hatte die Freundin aufgehört, nach dem Namen zu fragen, fiel er Fouada wieder ein.

Sie starrte weiter in das Reagenzglas. Dann stellte sie es in den Ständer zurück und begann, mit gesenktem Kopf im Raum auf und ab zu gehen. Alles konnte entschwinden, nur das nicht! Alles konnte ihr entfallen, nur das nicht! Das zu verlieren, war unfaßbar, unzumutbar, unerträglich! Es war alles, was sie noch hatte, der einzige Grund, weiterzuleben.

Sie ging hinüber zum Fenster und öffnete es. Kalte Luft traf ihr Gesicht, und sie fühlte sich ein wenig frischer. „Die Depressionen", dachte sie. „Ich sollte nicht an Forschung denken, wenn ich deprimiert bin." Sie schaute aus dem Fenster. Das große Schild hing vom Geländer des Balkons herab. Auf der Straße dort unten gingen die Menschen ihrer Wege, ohne aufzuschauen, ohne ihr Chemielabor zu beachten. Es schien, als würde sich niemand für ihr Labor interessieren, niemand an ihre Tür klopfen. Besorgt biß sie sich auf die Lippen und wollte gerade das Fenster schließen, als sie eine Frau bemerkte, die dort unten stand und zu ihrem Fenster heraufblickte. Sofort wurde sie ganz aufgeregt. Offensichtlich litt die Frau an Gicht und war wegen einer Urinanalyse gekommen. Sie eilte in den Vorraum, auf dessen Tür „Wartezimmer" stand, und richtete die Stühle aus. Sie betrachtete sich in dem langen Spiegel neben der Tür und sah den weißen Kittel, der ihr bis knapp über die Knie reichte wie der Kittel einer Friseuse, ließ den Blick schnell über ihren offenen Mund gleiten und schaute sich lächelnd in die Augen, als sie sich zuflüsterte:

„Fouada Khalil Salim, Besitzerin eines chemischen Untersuchungslabors. Ja, das bin ich."

Sie hörte das Brummen des Aufzugs, hörte, wie die Tür sich öffnete und schloß, hörte das Klappern hoher Absätze auf dem gefliesten Boden des Korridors. Fouada wartete hinter der Tür auf das Läuten der Klingel, doch es blieb still. Sehr leise schob sie den Deckel des Gucklochs beiseite und sah den Rücken einer Frau in der gegenüberliegenden Wohnung verschwinden. Sie las das kleine Kupferschild an der Tür: „Shalabis Sportinstitut für Schlankheitstraining und Massage".

Sie schloß das Guckloch und ging zurück in den anschließenden Raum, auf dessen Tür „Forschungs- und Analyselabor" stand. Sie vermied den Blick auf die leeren Reagenzgläser und begann, erneut im Zimmer auf und ab zu gehen. Dann sah sie auf die Uhr. Es war acht. Als ihr einfiel, daß heute Dienstag war, streifte sie rasch den Kittel ab, warf ihn auf einen Stuhl und eilte hinaus.

Letzen Dienstag war er nicht gekommen – vielleicht aus einem unvermeidlichen Grund? Und nun war wieder Dienstag. Würde er heute kommen? Würde sie in das Restaurant gehen und ihn dort am Tisch sitzen sehen? Den Rücken ihr, das Gesicht dem Nil zugewandt? Ihr Herz schlug schneller, doch innen spürte sie wieder das schwere Gewicht, das sich verhärtete und zusammenklumpte wie ein Stück Blei. Sie würde ihn nicht finden, warum also hingehen? Sie versuchte, umzukehren und sich auf den Heimweg zu machen, aber es ging nicht. Unwillkürlich trugen ihre Füße sie zum Restaurant, wie ein wildes Pferd, das seinen Reiter abgeworfen hat und ungehindert davongaloppiert.

Sie sah die nackte Tischplatte, die der Wind von allen Seiten umtoste wie einen Fels in wilder und stürmischer See. Einen Moment blieb sie mit Grabesmiene stehen, dann verließ sie mit gesenktem Kopf das Restaurant und ging langsam und schweren Schrittes nach Hause.

* * *

Ihre Mutter kniete mit dem Rücken zur Tür und dem Gesicht zur Wand betend in der Ecke des Wohnzimmers.

Fouada betrachtete sie. Ihr gebeugter Rücken neigte sich vor, der Saum ihres Gewandes war hochgerutscht und enthüllte ihre Waden. Ein paar Augenblicke kniete sie am Boden, dann stand sie auf und beugte sich wieder vor, hob ihr Gewand und enthüllte erneut ihre Beine. Fouada sah die dicken, blauen Venen, die auf ihren Waden wie lange, gewundene Würmer hervortraten und dachte bei sich: „Ein ernsthaftes Herz- oder Arterienproblem." Ihre Mutter kniete nieder, wandte den Kopf nach rechts und flüsterte etwas, schaute dann nach links und murmelte dieselben Worte. Schließlich stand sie auf, stützte sich am Sofa ab, schlüpfte in ihre Pantoffeln, drehte sich um und sah Fouada vor sich stehen.

„Im Namen Allahs, des Gütigen, des Barmherzigen!", rief sie. „Wann bis du hereingekommen?"

„Gerade eben", erwiderte Fouada, setzte sich aufs Sofa und stöhnte vor Müdigkeit. Die Mutter setzte sich neben sie, blickte sie an und meinte:

„Du scheinst müde zu sein."

Sehr müde, wollte sie gerade sagen, doch als sie der Mutter ins Gesicht schaute und das Weiße in ihren großen Augen von einem noch stärkeren Gelb als sonst überzogen fand, sagte sie stattdessen:

„Ich habe schwer gearbeitet. Bist du müde, Mama?"

„Ich, müde?", fragte die Mutter erstaunt.

„Dein Herz zum Beispiel, wie ist es damit?", wollte Fouada wissen.

„Wieso?"

„Ich habe die Krampfadern an deinen Beinen bemerkt, als du gebetet hast."

„Was hat das Herz mit den Beinen zu tun?"

„Das Blut in den Beinen kommt vom Herzen", erwiederte Fouada.

Die Mutter machte eine wegwerfende Bewegung mit der Hand.

„Es soll fließen, wie es will", sagte sie. „Ich fühle mich nicht müde."

„Manchmal fühlen wir uns nicht müde", gab Fouada zurück, „und doch verbirgt sich eine Krankheit in unserem Körper. Das sollte wohl besser untersucht werden."

Die Mutter schlug die Beine übereinander und sagte: „Ich hasse Ärzte."

„Du mußt nicht zum Arzt gehen", beruhigte Fouada sie. „Ich werde eine Untersuchung machen..."

„Was für eine Untersuchung?", fragte die Mutter alarmiert.

„Ich nehme eine Urinprobe mit und analysiere sie in meinem Labor."

Die Mutter lächelte schief und rief aus:

„Ah ja, ich verstehe! Du willst ein Experiment mit mir machen."

Fouada starrte sie einen Moment an.

„Was für ein Experiment? Ich biete dir eine kostenlose Analyse an."

„Vielen Dank!", bemerkte die Mutter. „Ich erfreue mich bester Gesundheit und gedenke mich nicht der Täuschung hinzugeben, ich sei krank."

„Das hat weder mit Täuschung zu tun", sagte Fouada verärgert, „noch mit Krankheit."

„Wofür soll so eine Analyse denn dann gut sein?"

„Zu bestätigen, daß keine Krankheit vorliegt, ist eine Sache, die Analyse ist etwas anderes," erwiderte sie hitzig.

Sie schwieg einen Moment, fuhr dann ruhiger fort:

„Analyse an sich ist eine Kunst, und es macht mir Freude, sie auszuüben."

Die Oberlippe ihrer Mutter verzog sich spöttisch.

„Urin zu untersuchen soll eine Kunst sein, Freude machen?"

Als spräche sie mit sich selbst, erklärte Fouada:

„Es ist eine Arbeit, bei der alle Sinne gefordert sind, genau wie in der Kunst."

„Welche Sinne?", fragte die Mutter.

„Riechen, fühlen, sehen, schmecken...", erwiderte Fouada.
„Schmecken?", rief die Mutter entsetzt und starrte ihre
Tochter an.

„Du scheinst keine Ahnung zu haben von diesen Analysen!", sagte diese.

Fouada blickte ihre Mutter an und sah einen seltsamen
Ausdruck in ihren Augen, wie auf dem Hochzeitsfoto, ein
harter, argwöhnischer Ausdruck, dem Gegenüber aufs äu-
ßerste mißtrauend. Sie spürte, wie ihr das Blut in den Kopf
schoß und hörte sich sagen:

„Ich weiß, warum du ablehnst. Du lehnst es ab, weil du
der Analyse nicht traust."

Ohne es zu wollen, hob sie die Stimme und schrie:

„Du glaubst nicht, daß ich es kann. Du glaubst, ich kann
gar nichts. Das war schon immer deine Meinung von mir,
deine Meinung von Vater..."

Ihre Mutter öffnete überrascht den Mund:

„Was sagst du da?"

Mit noch lauterer Stimme schrie sie zurück:

„Nein, du glaubst nicht an mich. Das ist eine Tatsache, die
du immer vor mir zu verbergen versucht hast."

In äußerstem Erstaunen starrte die Mutter sie an und
sagte dann mit schwacher Stimme:

„Und warum sollte ich nicht an dich glauben...?"

„Weil ich deine Tochter bin", rief Fouada. „Menschen
wissen nie das zu schätzen, was sie haben, einfach, weil sie
es haben."

Fouada senkte den Kopf und preßte ihre Hände dagegen,
als habe sie starke Kopfschmerzen. Die Mutter starrte sie
weiter schweigend und erwartungsvoll an.

„Wer hat dir gesagt, daß ich nicht an dich glaube, meine
Tochter?", fragte sie traurig. „Wenn du nur wüßtest, was ich
empfand, als ich dich nach der Geburt das erste Mal sah. Du

lagst neben mir wie ein kleiner Engel, atmetest ruhig und schautest dich verwundert mit deinen kleinen, glänzenden Augen um. Ich nahm dich hoch, hielt dich deinem Vater hin und sagte: ‚Schau sie dir an, Kahlil'. Dein Vater warf einen flüchtigen Blick auf dich und sagte ärgerlich: ‚Es ist ein Mädchen'. Ich hob dich zu seinem Gesicht hoch und sagte: ‚Sie wird eine bedeutende Frau werden, Kahlil. Schau dir ihre Augen an. Küß sie, Kahlil! Küß sie!' Ich hielt dich so, daß dein Gesicht beinahe seines berührte, aber er küßte dich nicht, drehte sich einfach um und verließ uns..."

Die Mutter wischte sich mit dem Ärmel eine Träne aus dem Auge und fuhr fort:

„In jener Nacht haßte ich ihn mehr denn je. Ich blieb die ganze Nacht wach und schaute in dein kleines Gesicht, während du schliefst. Immer, wenn ich meinen Finger in deine Hand legte, schlossen sich deine kleinen Finger darum und du hieltest ganz fest. Ich weinte bis zum Tagesanbruch. Ich weiß nicht, Tochter, welche Krankheit ich hatte, doch plötzlich bekam ich Fieber und wurde ohnmächtig... als ich wieder zu mir kam, war ich im Krankenhaus, man hatte meine Gebärmutter entfernt und ich war unfruchtbar geworden."

Sie unterbrach sich, zog ein Taschentuch aus ihrer *Galabiya* und wischte sich die Tränen ab, die ihr über das Gesicht liefen.

„Du warst das einzige, was ich im Leben hatte. Ich kam oft in dein Zimmer, wenn du nachts noch gelernt hast, und sagte zu dir ..."

Sie weinte und preßte das Taschentuch einen Moment an ihre Augen, nahm es weg und fragte:

„Hast du das vergessen, Fouada?"

Fouada kämpfte gegen einen scharfen Schmerz in ihrer Schläfe, saß schweigend und abwesend da, als schliefe sie halb.

„Ich habe es nicht vergessen, Mama", sagte sie schwach.

Die Mutter fragte sanft:

„Was habe ich immer zu dir gesagt, Fouada?"

„Du hast gesagt, daß du glaubst, ich würde es schaffen und erfolgreicher sein als alle meine Freundinnen…"

Die Lippen der Mutter öffneten sich zu einem kleinen Lächeln:

„Siehst du? Ich habe immer an dich geglaubt."

„Du hast dir nur eingebildet, ich sei besser als all die anderen Mädchen."

„Ich habe es mir nicht eingebildet", widersprach die Mutter mit Überzeugung. „Ich war mir ganz sicher."

Fouada schaute ihrer Mutter in die Augen.

„Wieso warst du dir so sicher?"

„Einfach so, aus keinem bestimmten Grund…", erwiderte sie schnell.

Fouada versuchte, den Ausdruck in den Augen ihrer Mutter zu lesen, das Geheimnis dieser Überzeugung, das in ihnen verborgen lag, zu entdecken, zu verstehen, doch nichts war zu sehen. Blitzartig spürte sie ihre Irritation in Wut umschlagen, und sie fuhr die Mutter an:

„Diese Überzeugung hat mein Leben ruiniert…!"

„Was…!", stieß die Mutter verwundert hervor.

Ohne nachzudenken und als würden ihr die Worte von jemandem aus einer fernen Vergangenheit diktiert, sagte sie:

„Deine Überzeugung hat mich verfolgt wie ein Geist. Sie hat mich niedergedrückt. Ich habe mein Examen…"

Sie hielt kurz inne, schaute sich abwesend um, schluckte und fuhr rasch fort:

„Ja, ich habe mein Examen nur dir zuliebe bestanden. Das hat mich gequält, ja, gequält, weil ich die Wissenschaft liebte und auch für mich allein hätte bestehen können…" Sie legte den Kopf in die Hände und drückte fest gegen ihre Schläfen.

Ihre Mutter schwieg einen Augenblick, dann sagte sie traurig:

„Du bist heute Abend so deprimiert, Fouada. Was ist in den letzten Tagen geschehen? Du bist gar nicht du selbst."

Fouada sagte nichts, hielt ihren Kopf in beiden Händen, als befürchtete sie, er könne zerspringen. Ein scharfer Schmerz schien ihr den Kopf zu spalten, während im Hintergrund etwas deutlicher zu werden begann. Sie wußte nicht genau, was es war, aber es schien ihr den wahren Grund für die mysteriöse Traurigkeit enthüllen zu wollen, die sie manchmal überfiel, wenn sie noch einen Augenblick zuvor ganz glücklich gewesen war.

Und der Grund war niemand anderes als ihre Mutter. Sie liebte ihre Mutter mehr als alles andere, mehr als Farid, mehr als die Chemie, mehr als die Entdeckung, mehr als sich selbst. Sie war unfähig, sich von dieser Liebe zu befreien, auch wenn sie es noch so sehr gewollt hätte; es war, als sei sie in eine ewig währende Falle geraten, deren Ketten und Stricke ihre Arme und Beine fesselten – aus der sie sich ihr Leben lang nicht würde befreien können.

Unbewußt hob sie den kleinen Finger, fuhr damit über ihre Oberlippe und steckte ihn in den Mund. Sie begann darauf zu kauen wie ein kleines Kind, dessen Zähne durchbrechen, das aber immer noch an der Brust der Mutter saugt. Geraume Zeit verstrich, während sie auf dem Sofa saß, den Kopf in den Händen, die Spitze des kleinen Fingers zwischen den Zähnen. Die Mutter schien das Zimmer verlassen zu haben, und sie wußte nicht, wohin sie gegangen war, doch nach einer Weile kehrte sie zurück, eine kleines Glas mit einer gelben Flüssigkeit in der Hand. Sie streckte die dünne, von blauen Adern überzogene Hand mit dem Glas ihrer Tochter hin. Fouada hob die Augen und die aufgestauten Tränen rannen ihr in den Schoß.

* * *

77

Voller Begeisterung machte sich Fouada daran, die Reagenzgläser zu waschen, die Flaschen mit Laugen und Säuren bereitzustellen, die Analyseapparate und das Spektrometer zu überprüfen. Sie zündete den Brenner an, goß ein wenig von der Urinprobe ihrer Mutter in eines der Gläser und hielt es mit einer Metallklammer über die Flamme. Während sie da so stand, wurde ihr klar, warum sie ihre Mutter um die Urinprobe gebeten hatte: sie wollte die neue Laborausrüstung benutzen.

Die Probe war frei von Ablagerungen und da sich beim Erhitzen nichts verfestigte, drehte sie den Brenner ab, tröpfelte ein wenig kalten Urin auf einen Objektträger, den sie unter das Mikroskop schob, und schaute durch das Okular. Sie sah einen großen Kreis, in dem sich kleine Gebilde von verschiedener Form und Größe bewegten. Sie verstellte den Spiegel, um das Licht zu justieren und drehte an der Feineinstellung des Okulars. Der große Kreis wurde weiter, ihr Blickfeld vergrößerte sich und die kleinen, zitternden Gebilde wurden größer, sahen aus wie Trauben, die auf Wasser schwammen.

Sie konzentrierte sich auf eines dieser Scheibchen. Sieht aus wie ein Ovulum, dachte sie. Es zappelte wie etwas Lebendiges und in seinem Inneren bebten zwei kleine schwarze Punkte, wie Augen. Als sie darauf starrte, schaltete sich ihr bewußter, wissenschaftlicher Verstand aus und es kam ihr vor, als starrten sie mit dem vertrauten Blick ihrer Mutter zurück. Wie ein Ovulum – ein Ovulum ihrer Mutter... vielleicht war sie selbst dieses Ovulum, vor dreißig Jahren... nur hatte ihre Mutter es nicht in ein Reagenzglas getan und mit einem Pfropfen verschlossen. Es hatte sich in ihrem Fleisch eingenistet, wie eine Laus auf der Kopfhaut, und sich von ihren Zellen ernährt und ihr Blut getrunken.

Sie verharrte regungslos, wie eine Träumerin, starrte in das Okular, vergaß Zeit und Raum, während die Phantasie mit ihr durchging. Sie sah, schockiert und fassungslos, ihre

Mutter auf einem Bett liegen, den Vater neben sich. Noch nie hatte sie sich ihre Mutter beim Vollzug dieses zum Empfang eines Kindes notwendigen Aktes vorgestellt, obwohl die Mutter ihn zweifellos vollzogen hatte, wofür sie schließlich der Beweis war. Sie stellte sich die Gestalt ihrer Mutter, so, wie sie sie kannte, in einer solchen Position vor und sah sie vor sich, das weiße Tuch um den Kopf geschlungen, die lange *Galabiya,* die ihren Körper bedeckte, die langen schwarzen Strümpfe und selbst die wollenen Pantoffeln an ihren Füßen. Ja, sie sah sie so bekleidet in den Armen des Vaters auf dem Bett liegen, mit fest geschlossenen Lippen und einem mißbilligenden Runzeln auf ihrer breiten Stirn, während sie ihren ehelichen Pflichten nachkam – langsam und mit den gleichen würdevollen Bewegungen, mit denen sie ihre Gebete verrichtete.

Die Türklingel läutete. Sie hatte die ganze Zeit geläutet, seit sie das „Ovulum" betrachtete. Verwirrt hielt sie es zunächst für die Klingel der Nachbarwohnung oder eines Fahrrades auf der Straße. Aber es läutete weiter. Sie wandte sich vom Mikroskop ab und ging zur Tür.

Die dunklen Punkte zuckten noch immer vor ihren Augen, als sie in zwei vorquellende Augen blickte, deren auffallend schwarze Pupillen hin und her schossen. Sie hatte das Gefühl, nach wie vor durch das Okular zu sehen, wischte sich über die Augen und sagte:

„Kommen Sie herein, Herr Saati."

Sein massiger Körper folgte ihr mit zögernden Schritten in das Wartezimmer, als wisse er nicht, warum er gekommen war. Mit einem Blick auf die neuen Metallstühle sagte er:

„Meinen Glückwunsch! Meinen Glückwunsch! Was für ein hübsches Labor!"

Er setzte sich auf einen der Stühle und erklärte:

„Ich hatte schon verschiedentlich daran gedacht, vorbeizukommen und Ihnen zu dem neuen Labor zu gratulieren, aber ich befürchtete..."

Er hielt kurz inne, seine Augen hinter den dicken Gläsern waren unsicher, dann fuhr er fort:

„...ich befürchtete, Sie zu stören."

„Vielen Dank", meinte sie ruhig.

Aufschauend entdeckte er das Kupferschild und rief:

„Forschungslabor!" Er stand auf, steckte den Kopf durch die Tür des anschließenden Raumes, sah die neuen Apparate, Reagenzgläser und Schalen und stellte bewundernd fest:

„Das ist ja wunderbar, wunderbar! Ein richtiges Chemielabor!"

Etwas erstaunt schaute sie sich um. Sie hatte bisher nicht das Gefühl gehabt, daß sie tatsächlich ein Labor besaß oder daß es ein richtiges Chemielabor war. Es erschien ihr unvollständig, viele Dinge fehlten. In echtem Erstaunen rief sie:

„Ehrlich? Erscheint es Ihnen wirklich wie ein Chemielabor?"

Verwundert schaute er sie an.

„Und Ihnen? Erscheint es Ihnen nicht so?"

Sie betrachtete ihr Labor mit völlig neuen Augen und murmelte abwesend:

„Nicht immer erkennen wir, was wir haben."

Er lächelte, zog die Oberlippe zurück, wobei sich erneut seine großen, gelben Zähne entblößten.

„Das ist wahr und trifft wohl ganz besonders auf Ehemänner und Ehefrauen zu."

Er lachte kurz und setzte sich wieder auf den Stuhl, während sie stehenblieb.

„Sie haben sicher zu tun. Halte ich Sie auf?", fragte er.

Sie setzte sich auf einen Stuhl neben der Tür.

„Ich war gerade mit einer Untersuchung beschäftigt", bemerkte sie.

Sie lächelte ohne jeden Grund, erinnerte sich vielleicht an die Form des Ovulums ihrer Mutter. Seine anzüglichen Blicke verschlangen ihr Gesicht, und er sprudelte hervor:

„Ich möchte Ihnen etwas sagen. Wissen Sie, daß Sie wie

meine Tochter aussehen? Das gleiche Lächeln, die gleichen Augen, die Figur, alles..."

Fouada spürte seine Blicke auf ihrem Körper und sah schweigend zu Boden. Sich selbst flüsterte sie zu:

„Er will nur ein bißchen schwätzen."

„Als ich Sie das erste Mal sah", fuhr er fort, „fiel mir gleich diese merkwürdige Ähnlichkeit auf, und ich hatte das Gefühl, Sie zu kennen... vielleicht habe ich mich deswegen entschieden, Ihnen die Wohnung zu geben."

Ja, er wollte nur schwätzen. Jetzt redete er über die Wohnung. Was hatte ihn hergeführt? Er hatte ihr die Freude an der Urinanalyse ihrer Mutter verdorben.

„In den letzten paar Tagen", säuselte er weiter, „wäre ich gerne gekommen, um Ihnen beim Einrichten des Labors zu helfen, aber ich befürchtete, Sie würden schlecht von mir denken. Die Frauen denken schlecht von einem Mann, der den Wunsch hat, ihnen zu helfen, nicht wahr?"

Sie schwieg, plötzlich mit etwas anderem beschäftigt, einem Vorfall aus ihrer Kindheit, der sich zutrug, als sie mit den anderen Kindern auf der Straße spielte. Ein tattriger alter Mann kam oft durch ihre Straße, und die Kinder rannten hinter ihm her und riefen: „Der Idiot ist da!" Auch sie rannte und schrie wie die anderen. Eines Tages rannte sie schneller, ließ die anderen Kinder hinter sich zurück und holte ihn ein. Der alte Mann drehte sich um und warf ihr einen derart furchterregenden Blick zu, daß sie auf dem Absatz kehrt machte und, von der Vorstellung erfüllt, er würde sie jagen und einholen, wie der Wind davonflog. Von diesem Tag an hörte sie auf, ihm zusammen mit den anderen Kindern nachzujagen und versteckte sich, wenn sie ihn sah, weil ihr schien, der furchterregende, schreckliche Blick habe nur ihr allein gegolten.

Fouada hatte keine Ahnung, warum ihr gerade jetzt dieses längst vergangene Ereignis wieder einfiel, außer daß die Augen des alten Mannes genau so vorquellend waren

wie jene direkt vor ihr. Sie schaute sich im Labor um, als
würde sie erst jetzt bemerken, daß sie ganz allein mit Saati
in der Wohnung war. Von plötzlicher Furcht erfüllt, stand
sie auf und sagte:

„Ich muß gehen. Mir ist gerade etwas Wichtiges eingefallen."

Auch er stand auf.

„Tut mir leid, wenn ich Sie gestört habe. Soll ich Sie in
meinem Wagen mitnehmen?"

Sie eilte zur Tür und öffnete sie.

„Nein danke, es ist nicht weit."

Er ging hinaus, sie verschloß die Wohnung und lief an
ihm vorbei zur Treppe. Erstaunt fragte er:

„Wollen Sie nicht auf den Fahrstuhl warten?"

„Ich gehe lieber zu Fuß", erwiderte sie und rannte die
Treppe hinunter.

* * *

Sie ging die Straße entlang und sah in die Schaufenster.
Dunkelheit senkte sich rasch herab, die Straßenlaternen
brannten schon und die Geschäfte waren erleuchtet, doch
sie hatte keine Lust, nach Hause zu gehen. Allein so dahin-
schlendernd, starrte sie suchend in die Gesichter der Passanten, beinahe schon süchtig nach dieser seltsamen Gewohnheit, dieser Gewohnheit, alle Männer, ihr Aussehen,
ihre Bewegungen, ihre Größe, mit Farid zu vergleichen.
Und eine weitere Sucht, die noch abstruser war, hatte sie
ergriffen: Prophezeiungen zu machen und davon überzeugt zu sein, daß sie in Erfüllung gehen könnten. Ging sie
die Straße entlang, sagte sie sich zum Beispiel: „Drei
Privatautos werden vorbeifahren und dann ein Taxi. Ich
werde in das Taxi schauen und Farid sehen." Dann begann

sie, die vorbeifahrenden Autos zu zählen, und wenn ihre Prophezeiung nicht in Erfüllung ging, biß sie sich auf die Lippen und sagte sich: „Wer hat denn gesagt, daß es so sein wird? Es ist doch nichts weiter als Illusion." Sie setzte ihren Weg fort und kurz darauf kam ihr eine neue Prophezeiung in den Sinn.

Am Ende der Qasr al-Nil-Straße hatte sich ein Menschenauflauf um ein Auto gebildet. Sie hörte eine Stimme sagen: „Der Mann ist tot." Sie drängte sich durch, zitternd und mit klopfendem Herzen, bis sie vor dem am Boden liegenden Mann stand. Es war nicht Farid. Langsam, schweren Schrittes, drängte sie durch die Menge zurück.

Sie verließ die Qasr al-Nil-Straße und bog in die Suleiman-Straße ein. Die war voller Menschen, doch sie sah niemanden. Ihre Gedanken waren weit weg, nahmen die Körper um sie herum nur als Teile äußerer Begrenzungen wahr, die sie von der riesigen, pulsierenden Masse der Welt trennten, und sie wußte instinktiv, welcher Körper wieviel Platz auf der Straße einnahm, und daß sie vermeiden mußte, mit ihnen zusammenzustoßen.

Dann schien sich ihr ein Hindernis in den Weg zu stellen. Sie hob den Kopf und sah die Menschen in langer Reihe quer über die Straße stehen; also blieb auch sie stehen.

Die Schlage bewegte sich langsam vorwärts, und plötzlich stand sie vor einem Kassenhäuschen. Sie kaufte eine Karte und ging mit den anderen durch eine große Tür in einen dunklen Saal. Eine Taschenlampe leuchtete auf ihre Karte, und sie folgte dem Lichtkreis, bis sie zu einem freien Platz kam.

Gerade hatte ein Film begonnen. Auf der Leinwand umarmten sich ein Mann und eine Frau auf einem Bett. Die Kamera schwenkte von den beiden weg auf den Fuß eines Mannes, der unter dem Bett zu sehen war, kehrte dann wieder zu dem Mann und der Frau zurück, die sich endlos küßten. Etwas krabbelte an Fouadas Bein hoch, und sie wischte es weg, ohne den Blick von der Leinwand zu wenden.

Der Kuß auf der Leinwand war zu Ende, der Mann zog sich an und ging. Die Frau sagte etwas, der andere Mann kam unter dem Bett hervor und das Umarmen begann von neuem.

Wieder spürte sie das Krabbeln. Es fühlte sich nicht wie eine Fliege an, eher wie ein Kakerlak, denn es flitzte nicht herum, sondern krabbelte langsam an ihrem Bein hoch. Begierig, nichts von dem Film zu verpassen, hielt sie die Augen auf die Leinwand gerichtet und griff im Dunkeln hinunter, um das Insekt zu fangen, bevor es über ihr Knie kroch. Doch ihre Finger schlossen sich um etwas Festes, und sie schaute entsetzt auf ihre Hand und sah, daß sie einen Finger des Mannes, der neben ihr saß, gegriffen hatte. Sie hielt seinen Finger fest und starrte ihn wütend an. Er jedoch drehte sich nicht zu ihr um, blickte weiter völlig versunken auf die Leinwand, als nehme er Fouada nicht wahr, als hätte sein Finger nichts mit ihm zu tun. Sie schleuderte ihm seine Finger ins Gesicht, daß sie ihn beinahe ins Auge trafen, aber er starrte weiter auf die Leinwand, als schliefe er. Sie stand rasch auf und verließ das Kino.

* * *

Ausgestreckt lag sie auf ihrem Bett und starrte an die Decke, auf den vertrauten, kleinen, unregelmäßigen Fleck, wo die weiße Farbe abgeblättert war. Ihr war kalt, sie zog die Decke über sich und schloß die Augen, wollte schlafen, schlief aber nicht ein. Sie dachte daran, nach dem Telefon zu greifen... jene fünf Ziffern zu wählen, wie sie es jeden Abend vor dem Einschlafen tat, aber sie bewegte die Hand nicht, preßte ihren Kopf in das Kissen und sagte: „Ich muß damit aufhören." Doch sie hörte nicht auf. Sie wußte, da würde nur das kalte, schrille Läuten sein, das kein Geräusch mehr war, keine Luftschwingung mehr, sondern zu stachligen Metallteilchen geworden war, die in ihr Ohr eindrangen und wie Feuer brannten.

Und doch hatte sie sich daran gewöhnt. Jeden Abend um die gleiche Zeit wählte sie die gleichen fünf Ziffern, preßte ihr Ohr an den Hörer und hieß den brennenden Schmerz willkommen, als würde er ihr Linderung verschaffen; wie eine Kranke, die ihr eigenes Fleisch verbrennt, um ein tieferes, schmerzhafteres Brennen zu unterdrücken, oder wie eine Süchtige, die vom Geschmack des Giftes abhängig wird und jeden Tag aufs neue danach verlangt.

Das Läuten, ihr Schluchzen, ihr Seufzen und ihr Herzschlag vermischten sich, waren nicht mehr unterscheidbar. Ein Konglomerat, das zu einem einzigen durchdringenden Pfeifen wurde wie jenes, das bei vollkommener Stille in den Ohren dröhnt.

Also gut! Jeden Abend wartete sie auf das Läuten, als wäre es ihr neuer Liebhaber. Sie wußte, es war nur ein Läuten, aber es kam aus Farids Telefon, erklang in Farids Haus, tönte von Farids Schreibtisch, an dem sie so oft nebeneinander gesessen, hallte von Farids Divan wider, auf dem sie so oft zusammen gelegen, und bewegte die Luft, die sie zusammen ein- und ausgeatmet hatten.

Das Läuten hörte auf. Farids Stimme flüsterte in ihr Ohr. Sie spürte seine Arme um ihre Taille, seinen warmen Atem in ihrem Nacken. Sie hatte nicht vergessen, daß er sie so lange allein gelassen hatte, und doch schien sie von allem nichts mehr wahrhaben zu wollen, konnte sich an nichts erinnern, nicht einmal daran, daß sie einen Kopf hatte, Beine und Arme. All ihre Sinne hatten sie verlassen, alles, was von ihr geblieben war, waren zwei geschwollene, flammende Lippen.

Sie öffnete die Augen, um in die seinen zu schauen. Aber

es war nicht Farid. Es war ein anderer Mann mit kleinen blauen Augen und dicken Augenbrauen. Der erste Mann, den sie geliebt hatte. Sie war noch ein kleines Kind, wußte nicht mehr, wie alt sie zu jener Zeit gewesen war, aber sie konnte sich erinnern, daß sie, als sie älter wurde, jeden Morgen in einem trockenen Bett aufwachte. Sie hatte es gehaßt, naß zu sein, und dankte Gott, daß es vorüber war. Doch Gott hatte sich nicht täuschen lassen von ihrem Dank und quälte sie schon bald mit einer neuen Feuchtigkeit, einer viel schlimmeren, denn sie war nicht farblos wie zuvor und durchtränkte die weißen Bettlaken immer wieder, kaum daß die getrocknet waren. Nein, es war ein tiefes Rot und konnte nur durch so kräftiges Rubbeln entfernt werden, daß ihre kleinen Finger brannten, und es verschwand selbst nach dem Waschen nicht völlig, sondern hinterließ einen blassen gelben Fleck.

Den wirklichen Grund dafür kannte sie nicht, denn die Nässe war da oder verschwand willkürlich, wie es ihr gefiel. Sie glaubte, jemand überfalle ihren kleinen Körper im Schlaf, oder sie allein sei von einer bösartigen Krankheit befallen. Sie verbarg die Katastrophe ihres Körpers vor der Mutter und überlegte, ob sie allein zum Arzt gehen und ihm ihr Geheimnis enthüllen sollte. Aber eines Tages wurde sie von ihrer Mutter überrascht, als sie das Laken im Spülstein auswusch. Sie schämte sich so sehr, daß sich alles um sie zu drehen begann, und sie versuchte, das Laken zusammenzurollen. Sie sah die Mutter ihr aus tief umschatteten Augen einen Blick zuwerfen, wie sie ihn nie zuvor gesehen hatte. Die Mutter griff nach dem Laken, nahm es ihr weg und entdeckte den roten Fleck auf dem weißen Stoff, der dort wie ein toter Kakerlak lag. Sie versuchte, ihr schändliches Vergehen zu leugnen, doch die Mutter schien kein Verbrechen darin zu sehen und war weder schockiert noch wütend, nicht einmal überrascht. Es war, als hätte sie erwartet, daß dieses Unglück über sie hereinbrechen werde, und sie nahm es ruhig und gelassen hin.

Fouada mißtraute dieser Ruhe. Sie jagte ihr sogar Schrecken ein, so sehr, daß ihr Körper zu zittern begann. Es war also keine Katastrophe. Es war also keine einmalige, vorübergehende Krankheit. Es war etwas Gewöhnliches, ganz Gewöhnliches. Mit dem Gefühl, daß es etwas Gewöhnliches war, stieg ihre Panik. Sie hatte gehofft, es sei etwas Einmaliges, denn einmalige Dinge sind zu ertragen, weil sie eben einmalig und nicht von Dauer sind.

Ihr kleiner Körper begann sich zu verändern. Sie fühlte die Veränderung durch ihren Körper gleiten wie eine weiche Schlange, deren lange, dünne Schwanzspitze in ihrer Brust und ihrem Bauch schlug und zuckte und und hier und da Stiche hinterließ. Die Stiche waren sowohl schmerzhaft als auch angenehm. Wie, fragte sie sich, konnten diese physischen Empfindungen gleichzeitig schmerzhaft und angenehm sein? Doch ihr Köper schien klüger zu sein als sie und war einverstanden mit dem Schmerz und dem Angenehmen, war zufrieden, beides Seite an Seite zu haben, begrüßte beides gleichermaßen, ohne verwundert oder überrascht zu sein.

Ihr Körper veränderte sich plötzlich und doch allmählich. Sie spürte die Veränderung und spürte sie doch nicht, wie warme Luft, die in ihre Nase drang oder laues Wasser, das sich ruhig über sie ergoß und dessen Wärme sie nicht wahrnahm, weil es die gleiche Temperatur hatte wie ihr Blut.

Sie war erstaunt, als sie eines Tages ihre nackten Brüste im Spiegel sah. Nicht länger war dort der glatte Brustkorb, den sie kannte, sondern zwei Hügel, gekrönt von zwei dunklen Rosinen, die sich mit jedem Atemzug hoben und senkten, die hüpften, wenn sie hüpfte, als würden sie herabfallen wie Orangen von einem Baum, wäre da nicht die dünne Hautschicht, die sie überzog.

Wenn sie hüpfte, spürte sie noch etwas anderes hüpfen, hinter sich. Sie drehte sich vor dem Spiegel und entdeckte zwei weitere runde Hügel, die von der fleischigen Haut am Ende ihres Rückens gehalten wurden. Eine Weile verharrte sie vor dem Spiegel und untersuchte ihren Körper. Es kam ihr vor, als gehöre er einem anderen Mädchen, nicht Fouada, oder einer erwachsenen Frau. Sie schämte sich, die Kurven und Wölbungen zu betrachten, die sich mit jedem Atemzug schamlos zur Schau stellten. Doch neben der Scham war da noch etwas anderes, etwas tief Vergrabenes, etwas, das sich in dichten Nebel hüllte, etwas wie verborgenes Entzücken oder sündhafter Stolz.

Warum waren ihr diese alten Eindrücke im Gedächtnis haften geblieben, zusammen mit dem Bild des ersten Mannes? Warum blieben sie bestehen, wo andere, wichtigere oder neuere Eindrücke sich verflüchtigt hatten? Sie war überzeugt, daß eine chemische Reaktion in den Gedächtniszellen stattfand, die bestimmte Bilder überblendete, andere hervorhob oder nur teilweise auflöste, so daß einige Teile erhalten blieben, während wieder andere ausgelöscht wurden. Ja, bestimmte Teile wurden vernichtet. Der untere Teil des Körpers jenes ersten Mannes in ihrem Leben war ausgelöscht. Warum? Sie konnte sich nicht erinnern, ob er einen unteren Teil besaß. Er hatte einen großen Kopf, kleine blaue Augen, Schultern und lange Arme. Wie konnte er ohne Beine gehen? Sie erinnerte sich nicht, ihn jemals gehen gesehen zu haben, denn er war immer nur am Fenster seines Zimmers. Größere Menschen mochten in der Lage gewesen sein, in sein Zimmer zu schauen, wenn sie auf der Straße vorbeigingen, doch sie war klein und konnte nur hineinsehen, wenn sie hochsprang.

Sie spielte absichtlich mit ihrem Springseil vor seinem Fenster und jedes Mal, wenn sie hochsprang, lugte sie ins Zimmer. Sie konnte nicht alles genau erkennen, weil ihr Kopf so schnell wieder unten war, aber es gelang ihr, ein Bild an der Wand zu sehen, einen großen Koffer oben auf dem Schrank, einen Tisch mit Büchern darauf. Sie liebte das bunte Bild mehr als alles andere, und eines Tages, als sie unter seinem Fenster Seil sprang, sagte sie zu ihm:

„Ich möchte ein buntes Bild."

„Komm rein, dann kriegst du ein Bild", gab er zurück.

Ohne die Erlaubnis ihrer Mutter konnte sie nicht hineingehen, und ihre Mutter verbot es ihr, sagte streng:

„Du bist zu alt, um auf der Straße Seil zu springen."

Sie warf sich aufs Bett und zitterte vor Wut. In diesem Augenblick haßte sie ihre Mutter und beneidete ihre Freundin Saadia, deren Mutter bei der Geburt gestorben war. Doch bald stand sie wieder auf, schlich sich auf Zehenspitzen, die Schuhe in der Hand, hinaus und rannte auf die Straße.

Ihr Herz raste, als sie an seine Tür klopfte. Sie war glücklich, weil sie ein buntes Bild bekommen würde, doch sie wußte, das Bild war nicht der einzige Grund für ihr Glücksgefühl. Sie wollte sein Zimmer von innen sehen, seinen Kleiderschrank, sein Bett, seine Hausschuhe. Sie wollte seine Bücher, seine Papiere und Bilder anfassen, wollte alles anfassen.

Er öffnete die Tür und sie trat ein, ganz außer Atem. Sie stand zitternd an der Wand wie ein gerupftes Huhn. Er sprach mit ihr, doch ihre Stimme war wie erstickt und sie konnte nicht antworten. Er kam auf sie zu, und sie sah seine blauen Augen ganz nah. Sie bekam Angst. Von nahem sah sein Gesicht merkwürdig aus, hatten seine Augen den scharfen Blick einer Wildkatze. Mit seinen langen Armen zog er sie an sich, und sie schrie, hatte Angst, er würde sie erschlagen oder erwürgen. Er schlug ihr ins Gesicht und sagte: „Schrei nicht!", doch sie bekam noch größere Angst und schrie um so mehr. Während sie versuchte, sich aus seinen Armen zu befreien, hörte sie ein Klopfen an der Tür. Er ließ sie los, um zu öffnen, und sie fiel fast zu Boden. Da stand ihre Mutter höchstpersönlich mitten im Zimmer.

Sie öffnete die Augen und merkte, daß sie zitternd vor Kälte auf ihrem Bett lag. Es war dunkel und das Fenster stand auf. Sie bildete sich ein, vor ihrem Fenster bewege sich ein Geist, und sie zitterte stärker, obwohl sie wußte, daß es nur der Eukalyptusbaum war, der vom Wind geschüttelt wurde. Sie stand auf und schloß das Fenster, schlüpfte schnell wieder zurück ins Bett unter die Decke.

Sie meinte, fremde Atemgeräusche im Zimmer zu hören, lugte unter ihrer Decke hervor und schaute sich furchtsam um. Ihr Blick fiel auf einen großen Schatten, der neben dem Kleiderschrank stand, und sie wollte gerade losschreien, als sie merkte, daß es nur der Kleiderständer war, an dem ihr Mantel hing. Sie schloß die Augen, um einzuschlafen, spürte aber eine Bewegung, die von unter dem Bett zu kommen schien. Sie wollte das Licht anschalten, doch sie hatte Angst, die Hand auszustrecken, weil der Geist, der unter dem Bett kauerte, nach ihr greifen könnte, und so blieb sie zusammengerollt mit aufgerissenen Augen unter der Decke liegen, bis der Schlaf warm wie Blut durch ihren Körper rann.

* * *

Sonnenstrahlen drangen durch die Schlitze der Fensterläden, als Fouada erwachte. Zusammengerollt blieb sie unter der Decke liegen, wollte für immer so liegen bleiben. Doch sie stand auf und schleppte sich zum Spiegel. Ihr Gesicht war fahl und wirkte noch länger als sonst, ihre Augen größer, ihre Lippen blasser, die ewige Lücke dazwischen breiter, ihre Zähne noch auffallender. Sie sah sich kurz in die Augen, als suche sie etwas, verzog mißmutig die Lippen und ging ins Bad. Nach einer heißen Dusche fühlte sie sich frischer und lächelte, als sie ihren Körper im Spiegel betrachtete. Sie war groß und schlank, hatte lange Arme und Beine und spürte eine verborgene Kraft in ihren Muskeln, eine unverbrauchte Kraft, eine eingesperrte Kraft, die sie nicht freisetzen konnte. Sie zog sich an und ging hinaus auf die Straße. Die Luft war frisch, die Sonne hell und warm, und alles glitzerte und bebte voller Leben. Beim Gehen ließ sie ihre Arme weit ausschwingen, fühlte sich stark und voller Energie und begrüßte freudig den neuen Tag. Doch wohin ging sie? Zu der stinkenden Gruft mit dem Uringeruch? Zu dem schäbigen Schreibtisch, an dem sie täglich sechs Stunden saß und nichts tat? Würden diese Stärke und dieser Eifer sich in nichts auflösen?

Sie sah ein Pferd, das einen Karren zog und dessen Hufe kraftvoll und energisch auf den Boden stampften. Voller Neid starrte sie auf das Pferd. Es setzte seine Kraft zum Ziehen des Karrens ein, setzte seine Energie frei, bewegte frohgemut seine Beine. Wäre sie ein Pferd, würde sie es genau so machen, ihren Karren ziehen, ihre Hufe auf dem Pflaster klappern lassen, vollkommen glücklich sein.

Als der Bus mit der Nummer 613 kam, stand sie da und schaute ihn an, bewegungslos wie ein störrisches Pferd. Nein, sie würde nicht ins Ministerium gehen, würde den Tag nicht vergeuden, würde ihr Leben nicht damit verschwenden, sich in die Anwesenheitsliste einzutragen. Wofür? Für die paar Pfund, die sie im Monat nach Hause trug? Ihr Leben für ein paar Pfund verkaufen? Ihr Intelligenz in dem geschlossenen Raum mit der abgestandenen Luft begraben? Ja, es war diese abgestandene Luft, die ihre Vitalität auslöschte, die abgestandene Luft, die ihre Gedanken abwürgte, sie tötete, noch bevor sie geboren waren. Sie hatte oft Gedanken, Forschungsideen, war oft kurz davor, eine Entdeckung zu machen, doch alles verdorrte in diesem Raum mit den geschlossenen Türen und Fenstern, den düsteren, trostlosen Schreibtischen und den drei mumifizierten Köpfen.

Ein weiterer Bus hielt an. Fast wäre sie eingestiegen, doch sie trat zurück und sah ihn unverwandt an. Dieser Augenblick wiederholte sich täglich, ohne daß sie ihn je besiegt hätte. Wenn es ihr heute gelänge, würde es ihr jeden Tag wieder gelingen. Nur ein einziger Sieg, und die schreckliche Gewohnheit wäre durchbrochen.

Der Bus war immer noch da, doch sie blieb stehen und hob ihr Gesicht zum Himmel. Nur einen Augenblick noch und der Bus würde ohne sie abfahren, und alles wäre vorbei. Der Himmel wäre noch genau so hoch und blau und still. Nichts würde geschehen. Nein, nichts würde geschehen.

Sie holte tief Luft und sagte laut: „Nichts wird geschehen." Sie schob die Hände in die Taschen ihres Mantels und ging vor sich hin summend davon. Erstaunt und voller Freude blickte sie sich um, wie ein Gefangener, der nach langen Jahren im Gefängnis zum ersten Mal wieder auf die Straße tritt. Sie sah einen Zeitungsstand und kaufte eine Zeitung, warf einen Blick auf die Schlagzeilen der Titelseite und biß sich auf die Lippen. Es waren dieselben Schlagzeilen, die sie täglich las, dieselben Gesichter, dieselben Namen. Sie schaute auf das Datum oben auf der Seite, weil sie dachte, sie hätte die gestrige Zeitung in der Hand oder die aus der vergangenen Woche oder dem vergangenen Jahr. Sie blätterte die Seiten um, überflog sie nach einem neuen Gedanken, einem neuen Gesicht, fand aber bis zur letzten Seite nichts. Sie faltete die Zeitung zusammen und steckte sie unter den Arm, doch dann erinnerte sie sich, auf einem der Bilder ein vertrautes, vorquellendes Augenpaar gesehen zu haben, Augen, die denen von Saati glichen. Sie schlug die Zeitung wieder auf und entdeckte zu ihrem Erstaunen ein Foto von Saati selbst. Sie las seinen Namen unter dem Foto: Moham-med Saati, Vorsitzender der Obersten Baubehörde. Unbewußt strich sie mit den Fingern über die Augen, als ragten sie, obwohl die Seite weich, glatt und eben war, aus dem Papier.

Sie las den Text unter dem Foto. Er berichtete ausführlich von einer Sitzung der Baubehörde, die unter Saatis Leitung stattgefunden hatte; die Worte kamen ihr nur zu bekannt vor. Sie hatte schon oft den Namen Saati gelesen und das Bild gesehen. Fouada war erstaunt, daß sie dies nicht mit dem Hausbesitzer Saati, den sie kannte, in Verbindung gebracht hatte, doch nie war ihr eingefallen, daß dieser Saati Gegenstand eines Zeitungsartikels sein könnte. Sie schaute noch einmal auf das Bild und den Namen, faltete die Zeitung zusammen und steckte sie unter den Arm.

Der Hausmeister saß auf seiner Bank in der Sonne, als sie das Gebäude erreichte. Bei ihrem Anblick sprang er auf, eilte auf sie zu und hielt ihr einen kleinen weißen Zettel hin. Sie faltete den Zettel auseinander und las: „Ich komme heute Abend um sechs Uhr vorbei. Es ist wichtig. Saati." Als sie den Aufzug betrat, spielten ihre Finger mit dem Zettel und zerrissen ihn unbewußt zu kleinen Schnipseln, die sie durch die eisernen Gitterstäbe warf.

Er würde um sechs Uhr abends vorbeikommen. Etwas Wichtiges. Was konnte so wichtig sein? Was konnte aus ihrer Sicht wichtig sein? Ihre Forschung? Wo Farid war? Der Einsturz des Ministeriums? Das war ihr Leben. Nichts anderes war wichtig. Aber Saati wußte nichts von Forschung oder von Farid oder dem Ministerium, was konnte dann so wichtig sein an seinem Besuch?

Sie betrat das Labor, zog den weißen Kittel über, ordnete die funkelnden Gläser und Schalen auf dem Tisch, zündete den Brenner an und griff nach der Metallklammer, um das Reagenzglas herauszunehmen. Doch stattdessen ließ sie es in seinem hölzernen Ständer, die leere Öffnung nach oben gerichtet.

Ein paar Minuten lang stierte sie in das leere Reagenzglas, setzte sich und legte den Kopf in die Hände. Wo sollte sie anfangen? Sie wußte es nicht, wußte gar nichts! Die Chemie hatte sich aus ihrem Kopf verflüchtigt. Ideen häuften sich in ihrem Kopf, wenn sie las oder im Labor der Schule Experimente durchführte, wenn sie die Straße entlang ging oder schlief. Wo waren all diese Ideen geblieben? Sie waren in ihrem Kopf. Ja, sie waren da, sie konnte spüren, wie sie sich bewegten, konnte ihre Stimmen hören. Sie führten lange Gespräche, deren Resultate sie überraschten.

Oft hatte sie eine neue Idee, die sie fast verrückt machte vor Freude. Ja, fast verrückt. Sie blickte erstaunt um sich und sah Menschen, die an ihr vorübergingen, als wären sie Angehörige einer fremden Spezies. Und sie? Sie war etwas anderes! In ihrem Kopf war etwas, das es in keinem anderen Kopf gab, etwas, das die Wissenschaft in Erstaunen setzen würde, etwas, das vielleicht die Welt veränderte. Kam plötzlich ein Auto oder ein Bus und fuhr sie fast um, sprang sie erschreckt auf den Bürgersteig und ging vorsichtig an den Häuserwänden entlang. Ihr Leben könnte unter diesen Rädern enden und mit ihm auch die neue Idee, für immer. Sie ging schneller, wollte der Welt ihre Idee mitteilen, bevor ihr etwas passierte, rannte fast, rannte dann wirklich, rannte und keuchte, blieb stehen und schaute sich um. Wohin rannte sie, wohin? Sie merkte plötzlich, daß sie es nicht wußte, es nicht wußte!

Sie drehte den Brenner ab, zog den weißen Kittel aus und ging auf die Straße. Die Arme und Beine zu bewegen, entspannte sie, nahm den Druck aus ihrem Kopf, setzte die aufgestaute Energie frei. Sie bemerkte ein Telefon in einem Laden und blieb unverhofft stehen. Warum wurden Telefone nicht an unauffälligeren Orten angebracht? Warum mußten sie so auffällig zur Schau gestellt werden? Hätte sie das Telefon nicht gesehen, hätte sie auch nicht daran gedacht. Sie griff nach dem Hörer, legte ihren Finger auf die Wählscheibe und begann zu wählen. Das Läuten hallte in ihrem Ohr, scharf, laut, unaufhörlich. Leise legte sie den Hörer auf, ging ein paar Schritte, blieb abrupt stehen und dachte: „Ist es Farid? Ist Farids Abwesenheit der Grund? Warum ist alles so anders? Warum ist alles so unerträglich geworden?" War Farid da, verlief ihr Leben nicht anders, nur machte Farid alles erträglich. Sie sah in seine leuchtenden braunen

Augen und fühlte, alle weltlichen Dinge waren wertlos. Das Ministerium verwandelte sich in ein kleines, altertümliches Gebäude, die Forschung wurde zu einer leeren Illusion, und das Entdecken, ja sogar das Entdecken, wurde zum blassen, kindlichen Traum.

Farid saugte ihren Schmerz und ihre Träume auf; war sie bei ihm, empfand sie weder Schmerz, noch kannte sie Träume. Bei ihm war Fouada eine andere. Fouada ohne Vergangenheit und ohne Zukunft. Fouada, die nur für den Augenblick lebte und deren ganze Gegenwart Farid war.

Wie war er zu ihrer Gegenwart geworden? Wie hatte ein Mann alles in ihrem Leben werden können? Wie konnte ein einziger Mensch ihre ganze Aufmerksamkeit in Anspruch nehmen? Sie wußte nicht, wie das passiert war. Sie war nicht die Art Frau, die ihr Leben irgend jemandem schenkt. Ihr Leben war zu wichtig, um es einem einzigen Mann zu schenken. Vor allem gehörte ihr Leben nicht ihr, sondern der Welt, die sie verändern wollte.

Ängstlich schaute sie sich um. Ihr Leben gehörte der Welt, die sie verändern wollte. Sie sah die Menschen vorbeihasten, Autos vorbeirasen, die ganze Welt in ständiger Bewegung. Sie allein war stehengeblieben, und daß sie stehenblieb, war bedeutungslos für die drängende, hastende Bewegung der Welt. Was konnte es schon bedeuten, wenn sie stehenblieb? Was war ein Tropfen für den Ozean? War sie ein Tropfen im Ozean? War sie ein Tropfen? Ja, das war sie, und um sie herum der Ozean, dessen Wellen sich aufbäumten und brachen und einander jagten. Konnte ein Topfen gegen eine Welle ankommen? Konnte ein Tropfen den Ozean verändern? Warum lebte sie mit dieser Illusion?

Sie rang nach Luft, verkroch sich in ihrem Mantel und ging gedankenverloren mit gesenktem Kopf weiter, bis sie nach Hause kam. Sie ging hinein und warf sich auf ihr Bett, ohne auch nur den Mantel auszuziehen.

* * *

Sie öffnete die Augen und schaute auf die Uhr. Es war sieben. Sie streckte die Beine unter der Decke, die Gelenke schmerzten. Sie schloß die Augen, um weiter zu schlafen, doch es gelang ihr nicht. Vier Stunden hatte sie ununterbrochen geschlafen, was sie sonst tagsüber niemals tat. Ihr fiel ein, daß es doch nicht ununterbrochen gewesen war, denn um fünf Uhr war sie aufgewacht. Sie hatte das Treffen mit Saati um sechs nicht vergessen, doch sie hatte die Augen geschlossen und sagte sich, sie habe ja noch eine ganze Stunde Zeit. Um viertel vor sechs wachte sie wieder auf, wollte schon die Decke zurückschlagen und aufstehen, zog sie aber stattdessen über den Kopf und flüsterte sich zu: „Was soll schon passieren, wenn ich ein bißchen zu spät komme?" Als sie das nächste Mal die Augen öffnete, war es sieben Uhr.

Sie räkelte sich unter der Decke, stellte sich vor, wie Saati mit seinem massigen Körper auf den dünnen Beinen vor der Tür des Labors stand, auf die Klingel drückte und niemand ihm öffnete. Sie war sehr zufrieden, daß der Schlaf sie für immer von Saati befreit hatte.

Dieses Gefühl gab ihr Energie. Die Gliederschmerzen verschwanden, sie stand auf, zog sich an und ging hinaus. Als sie die Treppe hinunter ging, sah sie ihre Mutter das Guckloch in der Tür öffnen. Ihr blasses, von Runzeln überzogenes Gesicht hinter den Eisenstäben sah wie die zerknüllte und zerknitterte Seite eines Buches aus.

Fouada hörte die matte Stimme fragen:

„Gehst du ins Labor?"

„Ja", erwiderte sie.

„Wird es spät werden?"

„Weiß ich nicht", murmelte sie abwesend. Sie wollte etwas fragen, schaute sie aber nur schweigend an, ging die Treppe hinunter und auf die Straße hinaus.

Die Luft war kalt und dicht, doch die Schwärze der Nacht war noch dichter. Langsam und vorsichtig ging sie die Straße entlang, als könne sie gleich mit etwas zusammenstoßen, als wären Teile der Dunkelheit zu festen Objekten geworden, Hindernissen, gegen die sie laufen könnte. Sie beschleunigte ihren Schritt, um aus den dunklen Gassen herauszukommen und am Blumengarten entlangzugehen, den Duft des Jasmin einzuatmen. Ihr Herz flatterte. Warum war ihr sein Geruch noch immer gegenwärtig? Warum konnte sie noch immer seine Lippen auf ihrem Nacken spüren? Warum schmeckte sie noch immer seinen Kuß in ihrem Mund? Warum blieben ihr diese Dinge, wo er selbst doch verschwunden war? Verschwunden – Haut und Haar, Geruch, Lippen, alles. Warum blieb etwas – warum blieben diese spürbaren Erinnerungen an ihn – warum blieben sie zurück?

Blieben sie tatsächlich? War dieser Geruch nicht ihr eigener Geruch, diese Berührung nicht das Zucken ihrer eigenen Haut, dieser Geschmack nicht ihr eigener Speichel? Warum schien das, was er war, mit dem, was sie war, vermischt und verwoben? War es möglich, daß er ein Teil von ihr war? Oder sie ein Teil von ihm? Sie fühlte ihren Kopf und ihre Glieder. Welcher Teil konnte es sein? Sie fühlte ihre Schultern, ihre Brust, ihren Bauch. Plötzlich wurde ihr bewußt, daß sie sich auf einer breiten, gut beleuchteten Straße befand und viele Blicke auf sie gerichtet waren. Rasch ging sie zur Bushaltestelle.

Sie nahm den Bus zum Tahir-Platz und ging auf die Qasr al-Nil-Straße zu. Sie sah das Gebäude in der Ferne und spürte einen schweren Klumpen in ihrem Herzen. Auch das Labor war bedrückend geworden mit den leeren Reagenzgläsern, die ihre Öffnungen in die Luft reckten und durch das transparente Glas sehen ließen, daß sie leer waren, die in ihrem hölzernen Ständer aufgereiht ihre sinnlose Existenz zur Schau stellten.

Sie öffnete die Tür des Labors und trat ein. Auf dem Boden lag ein Zettel. Sie hob ihn auf und las die vorwurfsvollen Worte: „Ich war um sechs hier und traf Sie nicht an. Ich komme um neun Uhr wieder. Saati." Sie sah auf die Uhr. Es war halb neun. Als sie gerade zur Tür gehen wollte, hörte sie die Klingel, zögerte und blieb kurz hinter der Tür stehen, ohne sie zu öffnen. Wieder klingelte es und sie rief: „Wer ist da?" Als sie die Stimme des Hausmeisters hörte, holte sie tief Luft und öffnete. Neben dem Hausmeister standen ein Mann und eine Frau.

„Sie haben nach einem Untersuchungslabor gefragt, darum habe ich sie hergebracht", hörte sie den Hausmeister sagen.

Sie führte sie ins Wartezimmer und bat sie, Platz zu nehmen. Im Untersuchungszimmer zog sie den weißen Kittel an und ging wieder zu dem Paar hinaus.

„Wir wollen eine Analyse machen lassen, um zu erfahren, warum meine Frau unfruchtbar ist", sagte der Mann kurz.

Er deutete auf die Frau, die mit gesenktem Kopf schweigend neben ihm saß.

„Sind Sie schon bei einem Arzt gewesen?", fragte Fouada die Frau. Die Frau starrte sie schweigend an, und der Mann antwortete:

„Ich habe sie zu vielen Ärzten gebracht. Sie ist untersucht worden, man hat Analysen gemacht und sie geröntgt, aber wir wissen immer noch nicht, was die Ursache ist."

„Sind Sie ebenfalls untersucht worden?", fragte ihn Fouada.

Der Mann sah sie erstaunt an.

„Ich?", schnappte er.

„Ja, Sie", erwiderte sie ruhig. „Manchmal kann der Mann die Ursache sein."

Der Mann sprang auf, zerrte seine Frau am Arm hoch und brüllte:

„Was erlauben Sie sich! Hier wird sie nicht untersucht werden!"

Er hätte seine Frau genommen und wäre mit ihr verschwunden, doch die Frau bewegte sich nicht. Sie stand da und stierte ihren Mann, ohne zu blinzeln, aus weit aufgerissenen Augen an, als wäre sie zur Salzsäule erstarrt. Nervös ging Fouada auf sie zu, berührte sie an der Schulter und sagte:

„Gehen Sie, gehen Sie mit Ihrem Mann!"

Die Frau fuhr zusammen, als hätte sie einen elektrischen Schlag bekommen, klammerte sich mit aller Kraft an Fouadas Arm und rief mit erstickter Stimme:

„Ich gehe nicht mit ihm! Helfen Sie mir! Er schlägt mich jeden Tag und schleppt mich zu Ärzten, die mir ihre Metallzangen in den Leib schieben. Sie haben alles untersucht, sie haben alles analysiert und gesagt, ich sei nicht unfruchtbar. Er ist der Kranke! Er ist unfruchtbar! Vor zehn Jahren haben sie mich mit ihm verheiratet, und ich bin immer noch Jungfrau. Der ist doch kein Mann! Im Dunkeln kann er meinen Hintern nicht von meinem Kopf unterscheiden!"

Der Mann stürzte sich auf sie wie ein wildes Tier, schlug und trat auf sie ein. Die Frau schlug zurück. Voller Furcht rückte Fouada von ihnen ab und murmelte:

„Er ist verrückt! Er wird sie umbringen, in meinem Labor! Was soll ich nur tun?"

Sie rannte zur Tür und auf den Flur hinaus, um Hilfe zu holen. Plötzlich öffnete sich die Tür des Aufzugs und Saati trat heraus.

In Panik rief Fouada:

„Da drin wird eine Frau von ihrem Mann verprügelt."

Im selben Augenblick ertönte ein gellender Schrei und Saati rannte ins Labor. Die Frau lag am Boden und der Mann trat sie mit den Füßen. Saati griff ihn mit einer Hand, schlug ihn mit der anderen ein paarmal mitten ins Gesicht, warf ihn und die Frau zur Tür hinaus und knallte sie zu.

Fouada blieb reglos stehen und lauschte den kreischenden Stimmen der beiden, die ihre Auseinandersetzung auf der Treppe fortführten. Sie ging zur Tür, um nachzusehen, was der Mann mit der Frau anstellte, doch nun waren ihre Stimmen verstummt und im Flur war es still. Sie ging zum Fenster, um zu sehen, wie sie das Haus verließen, denn sie war überzeugt, die Frau würde es nicht auf eigenen Beinen verlassen können, sah aber zu ihrem Erstaunen den Mann und in seinem Gefolge die Frau ruhig und mit gesenktem Kopf aus dem Haus treten, so ruhig, wie sie vor dem Zwischenfall gewesen war. Fouada starrte ihr nach, bis sie aus ihrem Blickfeld verschwand, trat vom Fenster zurück und sank gedankenverloren auf einen Stuhl.

Saati hatte ihr zugesehen, und als sie sich setzte, ließ auch er sich auf einem Stuhl neben ihr nieder.

„Sie scheinen sich Sorgen um die Frau zu machen", sagte er lächelnd.

Sie seufzte.

„Sie ist todunglücklich."

Die vorquellenden Augen flackerten, als er erwiderte:

„Nicht unglücklicher als andere, die hierher in Ihr Labor kommen werden, aber Sie können nichts für sie tun."

Er deutete nach oben.

„Sie haben ihren Gott!"

„Gibt es einen Gott, der den Menschen ihre Fehler nimmt?", gab Fouada gereizt zurück.

Sie wußte nicht, warum sie dies sagte, denn es war nicht von ihr. Es war ein Satz von Farid, sie hatte ihn oft von ihm gehört. Der Satz erinnerte sie an Farid und ihr Herz wurde schwer. Sie ließ den Kopf hängen, schweigend und entmutigt. Sie hörte Saati sagen:

„Mir scheint, das mit der Frau hat Sie sehr mitgenommen."

Sie schwieg weiter. Er stand auf, ging auf sie zu und sagte:

„Sie sind zu allen freundlich ..."

Er hielt inne, fuhr dann mit erregter Stimme fort:

„ ... außer zu mir."

Erstaunt sah sie zu ihm hoch. Er lächelte verlegen und fragte:

„Warum haben Sie unsere Verabredung nicht eingehalten? Hatten Sie zu tun? Oder sind alle Frauen so?"

Die Worte „alle Frauen" dröhnten in ihrem Kopf.

„Ich bin nicht wie alle Frauen!"

„Ich weiß, daß Sie nicht wie alle Frauen sind", beschwichtigte er. „Ich weiß das sehr gut, vielleicht zu gut."

Sie öffnete den Mund, um ihn zu fragen, woher er das wüßte, doch sie schloß ihn wieder. Schweigen senkte sich über den Raum, bis sie sich schließlich fragen hörte:

„Was war das denn für eine wichtige Angelegenheit?"

Er setzte sich und sagte:

„Gestern begegnete ich dem Staatssekretär des Chemieministeriums bei einem Essen. Wir sind seit langem befreundet und ich erinnerte mich, daß Sie im Chemieministerium arbeiten, also erwähnte ich Sie ihm gegenüber."

„Er kennt mich gar nicht."

Lächelnd entgegnete er:

„Er kennt Sie sehr gut. Er hat Sie mir in allen Einzelheiten beschrieben."

„Das ist seltsam", entfuhr es ihr.

„Es wäre seltsam, wenn er Sie nicht kennen würde!"

„Wieso das?"

„Weil er ein Mann ist, der Schönheit zu würdigen weiß."

Sie blitzte ihn wütend an und rief:

„Ist das die wichtige Angelegenheit?"

„Nein", erwiderte er, „nur, als ich nach Ihnen fragte, erzählte er mir, daß Sie eine hervorragende Angestellte seien und die Berichte über Sie ausgezeichnet wären."

Sie lächelte skeptisch und er fuhr fort:

„Als er so begeistert von Ihnen sprach, kam mir eine Idee. Ich könnte eine Chemikerin für die Baubehörde brauchen."

„Was soll das heißen?"

„Ich meine, ich könnte Sie zu mir versetzen lassen, in meine Behörde."

„In Ihre Behörde?"

„Bei mir würden Sie nicht so viel arbeiten müssen wie im Ministerium", erklärte er. „Tatsächlich müßten Sie überhaupt nicht arbeiten. Die Behörde hat gar kein Chemielabor."

Erstaunt sah sie ihn an und fragte:

„Und was soll ich dann da?"

Er lächelte. „In meinem Büro sein."

Sie sprang auf die Beine. Ihr drehte sich der Kopf. Sie starrte ihm geradewegs in seine Fischaugen und rief:

„So bin ich nicht, Herr Saati! Ich will arbeiten! Ich will chemische Forschung betreiben! Ich würde mein Leben dafür geben, in der Forschung arbeiten zu können!"

Sie verstummte kurz, schluckte hart und stieß hervor:

„Ich hasse das Ministerium! Ich verabscheue es, weil es dort nichts zu tun gibt. Ich weiß nicht, wieso die Berichte über mich ausgezeichnet sein können, nachdem ich sechs Jahre lang nichts getan habe! Ich gehe nicht zur Baubehörde. Ich gehe nicht mehr ins Ministerium, ich werde kündigen und mich nur noch meinem Labor widmen."

Seine Augen verschleierten sich, und er blickte zu Boden. Ein langes Schweigen entstand. Fouada stand auf, ging ans Fenster, kam zurück und setzte sich auf den Rand des Stuhls, als wolle sie gleich wieder aufspringen. Er betrachtete sie starr durch seine dicken Brillengläser, während ein kleiner Muskel unter seinem rechten Auge zuckte.

„Ich verstehe Ihre Wut nicht", sagte er sanft. „Ihre Augen drücken eine verborgene Traurigkeit aus. Tief in Ihnen wütet ein Schmerz, ich weiß nicht, warum. Sie sind zu jung, um so bitter zu sein, aber Sie scheinen in Ihrem Leben bereits schlimme Erfahrungen gemacht zu haben. Doch Sie sollten das Leben nicht so ernst nehmen, Fouada. Warum nehmen Sie es nicht so, wie es kommt?"

Er kam zu ihr herüber, und als sie seine weiche, fette Hand auf der Schulter spürte, sprang sie auf und ging ans Fenster. Er folgte ihr und fuhr fort:

„Warum verschwenden Sie Ihre Jugend mit diesen Sorgen? Schauen Sie...", sagte er und deutete auf die Straße hinunter, „schauen Sie, wie die jungen Leute in Ihrem Alter das Leben genießen, während Sie hier im Labor in Analysen und Forschungen versunken sind. Wonach suchen Sie? Was wollen Sie, was nicht in der Welt dort unten zu finden wäre?"

Sie schaute hinab auf die Straße. Die Lichter, die Menschen, die Autos glitzerten und pulsierten in erregter, lebendiger Bewegung, doch die Bewegung war so fern von ihr, so getrennt von ihr wie die sich bewegenden Bilder auf einer Kinoleinwand, die ein anderes Leben beschrieben als das ihre, eine andere Geschichte, andere Charaktere. Sie war allein, isoliert, eingeschlossen in einen engen Kreis, der oft ihren Körper zu erdrücken drohte.

Wie von weit weg hörte sie Saatis Stimme:

„Sie scheinen müde zu sein", sagte er. „Ziehen Sie Ihren weißen Kittel aus und lassen Sie uns an die Luft gehen."

„Ich habe heute Abend eine Ratsversammlung", fügte er hinzu und sah auf die Uhr. „Aber ich gehe nicht hin. Diese politischen Versammlungen sind so langweilig. So viel Gerede und jedes Mal das gleiche Gerede."

Sie erinnerte sich plötzlich an die vielen Zeitungsartikel und Fotos von ihm.

„Ihre politischen Aktivitäten sind offenbar sehr vielfältig."

„Warum sagen Sie das?", fragte er.

„Ich glaube, ich habe viel davon gelesen."

Er lachte kurz, wobei sich das Licht in seinen dicken Brillengläsern spiegelte.

„Gauben Sie das, was Sie in der Zeitung lesen? Ich dachte, die Menschen würden nichts mehr glauben, was geschrieben wird. Sie lesen die Zeitung einfach aus Gewohnheit, das ist alles. Lesen Sie täglich Zeitung?"

„Ich lese sie und lese sie nicht", antwortete sie.

Er lächelte und zeigte seine gelben Zähne.

„Was lesen sie wirklich?", fragte er.

Seufzend erwiderte sie: „Alles über Chemie."

„Sie sprechen von der Chemie wie von einem Mann, den Sie lieben. Waren Sie jemals verliebt?"

Als hätte man ihr kaltes Wasser ins Gesicht geschüttet, wurde ihr wieder bewußt, daß sie mit Saati in dem leeren und stillen Labor am Fenster stand. Sie schaute auf die Uhr. Es war elf. Wie war das geschehen? Hatte sie das Labor nicht verlassen wollen, bevor er kam? Dann erinnerte sie sich an den Zwischenfall mit dem Mann und der Frau. Aber hätte sie das Labor nicht direkt danach verlassen können? Sie warf Saati einen Blick zu. Sein fülliger Körper lehnte am Fenster, getragen von zwei Beinen, die dünn wie die eines großen Vogels waren. Seine Augen – Froschaugen, dachte sie – schossen hinter den dicken Gläsern hin und her. Es kam ihr so vor, als hätte sie ein unbekanntes Reptil vor sich – ein gefährliches vielleicht. Bestürzt sah sie sich um, zog den weißen Kittel aus, ging zur Tür und sagte knapp:

„Ich muß sofort nach Hause."

Überrascht sah er sie an.

„Wir haben doch ruhig miteinander geredet. Was ist los? Hat meine Frage Sie beunruhigt?"

„Nein, nein. Nichts hat mich beunruhigt, aber meine Mutter ist allein zu Hause und ich muß sofort zu ihr."

Auf dem Weg zur Tür bot er an:

„Ich kann Sie in meinem Wagen mitnehmen."

Sie öffnete die Tür und erwiderte:

„Danke, aber ich nehme den Bus."

„Den Bus? Zu dieser nächtlichen Zeit? Ausgeschlossen!" Sie fuhren ins Erdgeschoß hinab. Er ging zu dem langen, blauen Wagen und öffnete ihr die Tür. Sie sah den Hausmeister ehrerbietig aufspringen. Sie zögerte einen Moment, wollte weglaufen, war aber nicht in der Lage dazu. Die Wagentür stand offen und die beiden Männer warteten darauf, daß sie einstieg. Sie tat es und Saati schloß die Tür, eilte dann zur anderen Seite des Wagens, öffnete, stieg ein und ließ den Motor an.

Die Straße war bis auf wenige Fußgänger und Autos so gut wie leer. Die Luft war kalt und feucht. Sie sah einen Mann vor einem Zigarettenkiosk stehen. Ein Zittern überkam sie und sie wollte schon „Farid!" rufen, als der Mann sich umdrehte und sie sein Gesicht sehen konnte. Es war nicht Farid. Sie verkroch sich in ihren Mantel und erschauerte plötzlich vor Kälte. Saati warf ihr einen Blick zu und fragte:

„Jemand, den Sie kennen?"

„Nein", sagte sie schwach.

„Wo wohnen Sie?", wollte er wissen.

„In Doqi ...", erwiderte sie und nannte ihm Straße und Hausnummer.

Der Wagen überquerte die Qasr al-Nil-Brücke. Sie sah den Kairo-Tower, hoch aufgerichtet in der Dunkelheit wie ein großes, fremdartiges Wesen, dessen flackernde rote Augen in seinem Kopf kreisten und kreisten. Während sie die flackernden roten Augenbälle beobachtete, wurde ihr schwindlig und sie sah zwei Türme, mit zwei sich drehenden Köpfen. Sie rieb sich die Augen und der zweite Turm verschwand, nur einer mit sich drehendem Kopf war da. Dann erschien der zweite Turm wieder. Erneut rieb sie sich die Augen, damit er verschwand, doch er blieb. Aus den Augenwinkeln schaute sie auf Saati, der nun auch zwei Köpfe hatte. Sie zitterte und verbarg ihr Gesicht in den Händen.

„Sie sind müde", hörte sie seine Stimme sagen.

Sie hob den Kopf und erwiderte:

„Ich habe Kopfschmerzen."

Sie sah aus dem Fenster. Die Dunkelheit war undurchdringlich, und alles, was sie noch sehen konnte, war eine Masse von Schwarz. Plötzlich fiel ihr ein, daß sie von einem Mann gelesen hatte, der Frauen verfolgte, sie an dunkle und abgelegene Orte brachte und ermordete. Verstohlen betrachtete sie Saati – seine vorquellenden Augen, die nach vorne gerichtet waren, sein dicker, fleischiger Nacken, der gegen die Kopfstütze lehnte, seine dünnen, spitzen Knie... Als er sich ihr zuwandte, sah sie aus dem Fenster. Die Häuser waren dunkel und die Fensterläden geschlossen. Kein Licht drang heraus, kein Mensch war auf der Straße.

Warum war sie zu ihm ins Auto gestiegen? Wer war er? Sie kannte ihn nicht, wußte nichts über ihn. War sie wach oder hatte sie nur einen Alptraum? Sie grub ihre Fingernägel in die Oberschenkel, um sicherzugehen, daß sie hier war.

Der Wagen schien angehalten zu haben. Sie zitterte und rutschte zur Tür hinüber. Sie hörte Saatis Stimme fragen:

„Ist es dies Haus?"

Mit einem Blick aus dem Fenster erkannte sie es und rief erleichtert:

„Ja, das ist es!"

Sie öffnete die Wagentür und sprang hinaus. Auch er stieg aus und begleitete sie zur Haustür. Das Treppenhaus war dunkel.

„Sie sind müde", sagte er, „und das Treppenhaus ist dunkel. Soll ich Sie zu Ihrer Wohnung begleiten?"

„Nein, nein, vielen Dank", wehrte sie schnell ab. „Ich gehe allein hinauf."

Er streckte ihr seine plumpe Hand hin und fragte:

„Werde ich Sie morgen sehen?"

„Ich weiß es nicht, wirklich nicht", antwortete sie aufgewühlt. „Vielleicht bleibe ich morgen zu Hause."

Seine Augen funkelten in der Dunkelheit.

„Sie sind müde. Ich rufe Sie morgen an." Lächelnd fuhr er fort:

„Übernehmen Sie sich nicht mit Ihrer chemischen Forschung."

Sie stieg mit wackligen Knien die Treppe hinauf und stellte sich vor, er käme hinter ihr her. Viele Verbrechen geschahen in dunklen Treppenhäusern. Schwer atmend erreichte sie ihre Wohnungstür, nahm den Schlüssel heraus, suchte mit fliegenden Fingern nach dem Schlüsselloch. Sie öffnete, trat ein und schloß rasch die Tür hinter sich. Sie hörte das regelmäßige Atmen ihrer Mutter und fühlte sich ruhiger, doch noch immer zitterte sie vor Kälte. Sie zog sich dicke Wollsachen an und kroch mit klappernden Zähnen ins Bett. Dann schloß sie die Augen und schlief sofort ein.

* * *

Am Morgen wachte sie auf und hörte die Mutter etwas sagen, doch sie konnte es nicht verstehen. Sie sah die Augen ihrer Mutter, die ängstlich auf sie herunterschauten, und sie versuchte, den Kopf vom Kissen zu heben... er war zu schwer... etwas Hartes preßte und drückte von innen gegen ihre Schädelknochen, dröhnte wie das Geräusch einer Maschine, wie das Hämmern von Metall auf Metall. Sie blickte im Zimmer umher, sah den Schrank, das Fenster, den Kleiderständer und das Telefon auf dem Regal. Sie öffnete den Mund, wollte etwas sagen, doch ein scharfer Schmerz im Hals hinderte sie daran. Das faltige Gesicht der Mutter kam näher und sie hörte sie sagen:

„Willst du das Telefon haben?"

Sie schüttelte den Kopf.

„Nein, nein", krächzte sie heiser. „Nimm es weg, ins Wohnzimmer. Ich will es hier nicht."

Die Mutter nahm das Telefon und hielt es an die Brust gedrückt, als wäre es eine tote schwarze Katze. Fouada hörte sie ins Wohnzimmer schlurfen und zurückkommen.

Sie verbarg den Kopf unter der Decke und hörte die Mutter sagen:

„Ich habe dich heute Nacht husten hören. Hast du dich erkältet?"

Unter der Decke hervor erwiderte sie:

„Scheint so, Mama."

Sie bewegte die ausgetrocknete Zunge im Mund, spürte einen bitteren Geschmack in den Magen hinabgleiten. Sie wollte ausspucken und zog ein Taschentuch unter dem Kissen hervor, hustete und versuchte, ihre verstopfte Nase freizumachen. Etwas Hartes kratzte in ihrem Hals wie ein spitzer, kleiner Stein; sie nieste und hustete, aber das Steinchen wollte sich nicht lösen. Mit jedem Atemzug setzte es sich mehr in ihrer Brust fest.

Die Mutter sagte etwas und sie antwortete mit „ja", ohne zu wissen, was sie gesagt hatte. Sie hörte sie aus dem Zimmer schlurfen. Sie öffnete einen kleinen Spalt zwischen Bett und Decke, um Luft hereinzulassen, aber damit drang auch ein wenig Licht ein, und sie sah ihre Hand unter dem Kopf, die Uhr am Handgelenk. Sie konnte die Ziffer erkennen, auf der der kleine Zeiger stand und dachte an das Ministerium. Sie schloß den Spalt und die Nacht kehrte zurück.

Ja, sollte doch die Nacht zurückkehren und für immer bleiben. Sollte doch das Licht verblassen und nie ein Tag kommen. Welchen Sinn hatte der Tag, dieser endlose Kreislauf, von zu Hause zum Ministerium, vom Ministerium zum Labor, vom Labor nach Hause? Welchen Sinn hatte das alles? Welchen Sinn hatte es, ständig im Kreis zu laufen? Die Muskeln in Armen und Beinen zu bewegen? Die Verdauung und die Blutzirkulation in Gang zu halten? Sie erinnerte sich, was Saati gesagt hatte: „Wonach suchen Sie? Was wollen Sie finden, das nicht in dieser Welt zu finden ist?" Sie wollte nichts von dieser Welt, wollte nichts von ihr, nicht einmal Geld. Was sollte sie damit auch anfangen? Was fing eine Frau in dieser Welt mit Geld an? Teure Kleider kaufen? Doch welchen Sinn hatten teure Kleider? Sie konnte sich an keines ihrer Kleider erinnern, konnte sich nicht erinnern, daß Farid je eines davon angesehen hatte. Sie hatte nie das Gefühl gehabt, daß Kleider einen anderen Zweck hätten, als Teile ihres Körpers zu bedecken.

Und was sonst noch außer Kleidern? Was tat eine Frau in dieser Welt mit Geld, außer Kleider zu kaufen? Schmuck und Gesichtspuder kaufen? Jenes weiße Puder, mit dem Frauen ihre Gesichter bedecken, um die Adern zu verbergen, die in der lebendigen Haut pulsieren? Was bleibt von der lebendigen Haut, wenn die natürliche Farbe übertüncht ist? Nur glanzlose, tote Haut, kalkweiß, bleichsüchtig.

Was sonst noch außer Puder und Kleidern und Schmuck? Was will eine Frau von der Welt? Ins Kino gehen? Freundinnen besuchen? Klatsch und Tratsch, Eifersüchteleien und die Jagd nach dem Ehemann?

Aber sie wollte das alles nicht. Sie kaufte kein Make-up, ging nicht ins Kino, hatte keine Freundinnen, war nicht auf der Jagd nach einem Ehemann. Wonach suchte sie also?

Sie preßte den Kopf ins Kissen und biß frustriert die Zähne zusammen. Was will ich? Was will ich? Warum will ich nicht das, was andere Frauen wollen? Bin ich denn keine Frau, bin ich nicht wie sie?

Sie hob die Decke ein wenig an und besah sich ihre schlanken Finger und die Fingernägel – sie waren wie die ihrer Mutter. Sie berührte ihre Haut, ihren Körper – wie die Haut und der Körper ihrer Mutter. Sie war wirklich eine Frau, warum wollte sie also nicht das, was andere Frauen wollten? Warum?

Ja, warum, warum? Sie wußte es nicht. War die Chemie der Grund? Aber war sie die einzige Frau, die je Chemie studiert hatte? War Madame Curie der Grund? Aber war sie die einzige Frau, die je von Madame Curie gehört hatte?

War es die Chemielehrerin? Doch wo war die Chemielehrerin? Sie wußte nichts von ihr, hatte nichts mehr von ihr gehört, seit sie die Schule verlassen hatte. Hing ihr Leben von einem Wort, das eine mysteriöse Frau gesprochen hatte, ab? War es ihre Mutter? Aber wußte ihre Mutter irgend etwas von der großen Welt außerhalb ihrer vier Wände? War es Farid? Aber wo war Farid? Wer war er? Sie kannte niemanden, der ihn kannte, wußte nicht, wo er war, wußte nicht einmal, ob es ihn wirklich gegeben hatte. Vielleicht war er eine Illusion, ein Traum? Er war nicht da, und so lange er nicht da war, wie sollte sie Traum und Wirklichkeit unterscheiden können? Hätte er nur eine Nachricht in seiner Handschrift hinterlassen, könnte sie sicher sein. Ja, mit einem Stück Papier in der Hand hätte sie es gewußt, während sie nur mit ihrem Kopf, ihren Armen und Beinen gar nichts wissen konnte. Weder ihr Körper noch ihr Kopf konnten irgend etwas wissen. Alles in ihrem Kopf war auf ein sinnloses, gedämpftes, metallisches Klopfen zusammengeschrumpft. Alles in ihr war zusammengeflossen zu einem dumpfen, fortwährenden Summen wie jenes, das bei völliger Stille wahrzunehmen ist.

Ja, tief in diesem Körper, der da ausgestreckt und hilflos unter der Decke lag, herrschte völlige Stille, nichts als Stille. Dieser Körper war unfähig, etwas zu sagen. Die Worte, die aus dem Mund dieses Körpers kamen, waren nicht seine eigenen, sondern nur zufällige Wiederholungen zuvor gehörter Worte; die Worte anderer, Worte, die Farid, ihre Mutter, ihre Chemielehrerin gesagt, Worte, die sie in Büchern gelesen hatte. Ja, dieser Körper wiederholte nur, was er gehört und gelesen hatte, wie eine Wand, die nur das Echo zurückwerfen kann.

Ihr Körper unter der Decke war schwer und bewegungslos wie ein Stein. Ihr war heiß und sie schwitzte stark. Eine warme, schleimige Masse lief ihr aus der Nase. Sie zog das Taschentuch unter dem Kissen hervor und putzte sie sich ausgiebig. Sie tropfte wie ein defekter Wasserhahn. Sie war keine saubere, trockene Wand, sondern eine tropfende, triefende Mauer voll ungesunder, nicht einzudämmender Feuchtigkeit.

Sie warf die Decke ab, wollte ihre Arme, Beine, ihren ganzen Körper abwerfen, doch er war mit ihr verwachsen, klammerte sich an sie, hing ihr an, lag auf ihr – ein erdrükkendes Gewicht und eine obszöne Feuchtigkeit, wie der Körper eines anderen Menschen, eines Fremden.

Wie ein Fremder, mit all der Fremdheit eines Menschen, dem sie auf der Straße begegnen mochte, der Fremdheit des Hausmeisters, der Fremdheit Saatis. Sie schauderte. Ja, wie ein völlig Fremder, der Nahrung verschlang und nicht wußte, was damit geschah. Manchmal hörte sie ein Geräusch wie das Maunzen einer Katze in ihrem Magen, als ob sie nicht wußte, was dort geschah, wohin all die Nahrung verschwand. Wie eine Mühle drehte und drehte er sich und zermalmte feste Substanzen. Es gab nur das Drehen und Zermalmen und sonst nichts. Gar nichts.

Was konnte es sonst noch geben? Die Illusion, die hinter dem Nebelschleier lockte? Reagenzgläser, denen tänzelnd ein neues Gas entströmte? Was konnte ein neues Gas bewirken? Den Bau einer neuen Wasserstoffbombe? Einer neuen Rakete mit atomarem Sprengkopf? Was fehlte der Welt? Eine neue Tötungsmethode?

Warum töten? Gab es sonst nichts Nützliches? Den Hunger auslöschen? Krankheit? Leid? Unterdrückung? Ausbeutung? Ja, ja, hier war die Mauer, von der Worte widerhallten, Worte, die Farid gesprochen hatte. Was weißt du von Hunger? Von Krankheit? Was weißt du von Leid und Unterdrükkung? Von Ausbeutung? Was weißt du über sie und davon, worüber du mit den Menschen sprichst, während du nicht einmal mit ihnen zusammenlebst? Du betrachtest sie aus der Ferne, beobachtest ihre Bewegungen und ihre Häuser, als wären sie bewegte Bilder auf einer leeren Leinwand.

Hast du je Hunger gehabt? Hast du je einen hungernden Menschen gesehen? Die Frau, die auf dem Bürgersteig vor dem Ministerium bettelt, ein kleines Kind im Schoß, hast du sie je wahrgenommen? Hast du ihr in die Augen geblickt? War es nicht nur ihr sonnengewärmter Rücken, den du gesehen hast, und warst du nicht neidisch auf sie?

Weißt du irgend etwas von diesen Dingen? Warum bestehst du dann auf dieser Illusion? Ißt und trinkst und urinierst und schläfst du nicht wie andere? Warum bist du dann nicht wie andere? Warum?

Ja, warum, warum? Warum bist du nicht wie andere, akzeptierst gelassen das Leben so, wie es ist? Warum nimmst du das Leben nicht, wie es kommt? Selbst diese Worte sind nicht deine. Hast du nicht genau diese Frage gestern im Labor von Saati gehört? Hortest du alle Worte in dir? Selbst Saatis Worte? Wie dumm du bist! Kannst du nicht ein einziges eigenes Wort sagen?

Die Stimme ihre Mutter weckte Fouada. Sie sah sie neben dem Bett stehen, ein Glas Tee in der dünnen, von blauen Adern überzogenen Hand. Sie starrte auf ihre langen, schlanken, runzeligen Finger. Ihre eigenen waren genau so lang und schlank wie die der Mutter und würden genau so runzelig werden, mit knotigen Gelenken, wie ein trockener Zweig. Sie blickte hoch und sah das zerfurchte Gesicht mit den trockenen, leicht geöffneten Lippen, der gleichen Lücke, den gleichen Zähnen. Sollten die gleichen Falten doch auch ihr Gesicht bedecken. Sollten ihre Beine doch genau so unfähig werden, sich schnell zu bewegen, ihre eigenen Füße genau so schlurfen.

Matt griff sie nach dem Teeglas. Die Mutter saß auf der Bettkante und betrachtete sie. Warum schwieg sie? Warum sagte sie nichts? Warum hob sie nicht ihre Hände zum Himmel und wiederholte ihre altes Bittgebet? Doch der Traum war vorbei, die Illusion verflogen. Sie hatte kein naturbegabtes Wunder geboren. Wer hatte ihr gesagt, daß sie es würde? Warum gerade sie? Warum ausgerechnet ihr Schoß? Täglich gebaren Millionen Schöße Kinder, wer hatte ihr also diese Illusion in den Kopf gesetzt? Mag sein, sie hatte die Illusion von ihrer Mutter geerbt, so, wie Fouada sie von ihr hatte. Irgend eine Frau in der Familie muß sich eingebildet haben, ihr Schoß sei anders, muß damit begonnen haben. Irgend jemand mußte damit angefangen haben, es mußte immer jemanden geben.

„Was ist mit dir, Fouada? Warum sagst du nichts?", hörte sie die Mutter sagen.

Ihre Stimme war so traurig, daß sie hätte weinen mögen, doch sie hielt die Tränen zurück und sagte stattdessen:

„Ich habe schlimme Kopfschmerzen."

„Soll ich dir ein Aspirin bringen?", fragte die Mutter.

„Ja", nickte sie.

Als die Mutter ins Wohnzimmer ging, läutete das Telefon. Fouada sprang zitternd aus dem Bett. War es Saati? Sie stand in der Tür und blickte auf das Telefon. Ihre Mutter ging hin und wollte abnehmen, doch sie rief:

„Nimm nicht ab, Mama! Es gibt jemanden, mit dem ich nicht sprechen will ..."

Doch dann, plötzlich, dachte sie, es könnte Farid sein und rannte zum Telefon. Sie hob den Hörer ab und keuchte: „Hallo". Die ölige Stimme Saatis erreichte sie, und sie sank auf einen Stuhl, schlaff und leblos.

TEIL DREI

Fouada verließ das Ministerium und ging an dem rostigen Eisengitter entlang. Ihr Kopf war schwer und ihr Herz mit diesem harten, unauflöslichen Knoten darin schlug schmerzhaft. Sie sah die Frau auf dem Bürgersteig sitzen, das Kind an der Brust, die leere Hand ausgestreckt. Die Straße war laut und belebt, aber niemand nahm von diesem ausgestreckten Arm Notiz. Einer schob die Frau beiseite, weil sie ihm im Weg war, ein anderer trampelte hastig über sie hinweg. Sie hörte das Kind weinen, als sie vorbeiging und sah das knochige, abgemagerte Köpfchen mit den eingesunkenen Augen, den vorstehenden Backenknochen und dem kleinen, gestülpten Mund, der vergeblich versuchte, an der schrumpligen Brust zu saugen, die wie ein Stück faltiger brauner Haut am Brustkorb der Frau hing.

Sie schob die Hand in die Tasche, um einen Piaster herauszunehmen, ließ sie aber in der Tasche stecken. Sie wendete ihren Blick der Straße zu. Langgestreckte Limousinen fuhren vorbei, eine nach der anderen, in jeder ein glänzender Schädel, der das Licht reflektierte und ein fleischiger Nacken, der sie an Saati erinnerte.

Sie nahm den Piaster heraus und hielt ihn einen Moment lang in der Hand. Was konnte ein Piaster schon ausrichten? Würde er die Knochen des kleinen Skeletts mit Fleisch überziehen? Würde er die Milch in dem verschrumpelten Hautlappen fließen lassen? Sie biß sich auf die Lippen. Was konnte sie tun? Eine chemische Entdeckung machen, die den Hunger abschaffte? Ein neues Gas finden, das Millionen anstelle der Nahrung einatmeten?

Sie ließ den Piaster aus ihren Fingern in die leere, ausgestreckte Hand fallen. Ein Piaster würde nichts ausrichten, war nichts als eine im Vorübergehen hingeworfene milde Gabe, um das Gewissen zu beruhigen, ein belangloser Preis, den man zahlte und vergaß.

Das waren wieder Farids Worte. Beißend scharf war ihr seine Stimme im Kopf. Ihre Augen suchten nach den seinen, den leuchtend braunen. Um sie herum waren viele Augen, warum mußten es ausgerechnet seine sein? Wenn sie von nahem in seine Augen sah, empfand sie nicht das Erstaunen, das sie überkam, wenn sie in andere Augen blickte, sogar wenn es die ihrer Mutter oder ihre eigenen waren. Wenn sie sich im Spiegel in die Augen starrte, verloren sie den vertrauten Ausdruck, als wären sie die Augen eines ihr unbekannten Tieres. Doch Farids Augen hatten etwas Sonderbares in sich, waren sonderbar und doch vertraut, wurden immer vertrauter und verloren das Sonderbare vollständig. Als die Distanz zwischen ihnen weg war und sie sich berührten, fühlte sie sich völlig sicher.

War das alles nur Illusion? Hatten ihre Gefühle sie derart betrogen? Wenn ihre Gefühle sie belogen, an was konnte sie dann noch glauben? An geschriebene Worte auf einem Stück Papier? An ein offizielles Dokument mit dem Siegel des Ministeriums? An vervielfältigte Zertifikate? An was konnte sie glauben, wenn ihre Gefühle sie belogen?

Abrupt blieb sie stehen und fragte sich: Aber was sind Gefühle? Konnte sie sie anfassen? Sie sehen? Sie riechen? Konnte sie Gefühle in ein Reagenzglas füllen und analysieren? Gefühle, bloße Gefühle, eine unsichtbare Bewegung im Kopf, wie Illusionen, wie Träume, wie verborgene Kräfte. Konnte ihr wissenschaftlicher Verstand an solchen Unsinn glauben?

Verwirrt blickte sie um sich. Waren Gefühle wahr oder falsch? Warum hatte sie beim Blick in Farids Augen das Gefühl, er sei ihr vertraut, beim Blick in Saatis Augen aber das Gefühl, er sei ein Dieb? War das Illusion oder Wissen? War das ein zufälliger Vorgang im Sehnerv oder ein bewußter Vorgang in den Gehirnzellen? Wie konnte sie zwischen beidem unterscheiden? Wie konnte sie die zufällige Zuckung eines eingeklemmten Nervs von dem vernünftigen Gedanken einer Gehirnzelle unterscheiden? Und wie konnte eine Gehirnzelle denken? Wie konnte ein kleines Häufchen Protoplasma denken? Woher kam ein Gedanke und wie durchlief er das Zellgewebe? Elektrisch? Eine chemische Reaktion?

Sie blickte auf, um zu sehen, wo sie war und erkannte vor sich das Gebäude mit dem weißen Schild, das in schwarzen Lettern ihren Namen trug. Ihr Herz krampfte sich zusammen. Reagenzgläser mit offenen Mündern – leer –, eine züngelnde Flamme, die Luft verbrannte, sich selbst verbrannte mit dem hartnäckigen Zischen, das ihr im Kopf dröhnte, wenn es rundherum still war.

Ja, das war das Labor. Aber es war nicht länger ein Labor. Es war zu einer Falle geworden, die ihre Unfähigkeit, ihre Unwissenheit, die Stille und die Leere in ihrem Kopf einfing.

Statt einzutreten, ging sie ein paar Schritte am Eingang des Gebäudes vorbei und blieb dann stehen. Wohin ging sie? Jeder Ort war wie das Labor geworden, eine Falle der Unwissenheit, der Stille und des Dröhnens in ihrem Kopf. Ihr Zuhause und das Ministerium, das Telefon und die Straße, alles war direkt miteinander verkettet.

Sie lenkte ihre Schritte zum Gebäude zurück, um in das Labor zu gehen. Es gab keinen Ausweg. Die Falle riß ihren Rachen auf und sie trat hinein. Bald würde Saati kommen. Mit Sicherheit würde er auftauchen, im Labor oder wo auch immer. Er kannte alle ihre Aufenthaltsorte, kannte die Telefonnummer, die Wohnung, das Ministerium, das Labor. In seinem langen blauen Wagen würde er kommen, mit seinen vorquellenden Augen und dem fleischigen Nacken. Er würde mit Sicherheit kommen, warum geriet die Erde also nicht aus dem Gleichgewicht, warum wurden die Reagenzgläser nicht durcheinandergeschüttelt, zu Boden geworfen und zerbrochen? Warum drehte die Erde sich mit solcher Perfektion? Warum wurde ihr Gleichgewicht nicht erschüttert, nur dieses eine Mal?

Sie hatte das Labor betreten, den weißen Kittel übergezogen und stand nun am Fenster, sah auf die Straße hinab und beobachtete die Autos, als wartete sie auf ihn, auf Saati. Und sie wartete tatsächlich auf ihn. Sie sah den langen blauen Wagen vor dem Haus halten und sah Saati mit seinem massigen Körper auf den dünnen Beinen aussteigen.

Als sie sich zur Tür schleppte, sah sie sich in dem langen Spiegel. Ihr Gesicht war länger und dünner, ihre Augen matt und eingesunken, ihr Mund war noch offener und ließ die Zähne noch mehr sehen, genau wie wie bei ihrer Mutter.

Sie schloß den Mund, um die Zähne zu verstecken, preßte die Kiefer aufeinander, als wollte sie die Zähne oder etwas anderes, etwas zwischen ihnen, zermalmen. Etwas mußte es doch zum Zermalmen geben. Sie knirschte mit den Zähnen, ein metallisches Geräusch. Als die Klingel läutete, machte sie eine heftige Bewegung mit der Faust und sagte: „Ich werde nicht öffnen..." und blieb ganz still, regungslos. Wieder ertönte die Klingel; ihr Atem wurde zu einem schnellen Keuchen. Dann öffnete sie zitternd die Tür.

* * *

Er hielt ein kleines Päckchen in seiner wabbligen Hand. Seine Oberlippe zog sich hoch, entblößte die großen gelben Zähne, und seine vorstehenden Augen schwammen zitternd hinter den dicken Gläsern.

„Ein kleines Geschenk", sagte er, legte das Päckchen auf den Tisch und setzte sich.

Sie blieb stehen und starrte auf das schmale, grüne Band, das um das Päckchen geschlungen war.

„Machen Sie es auf", hörte sie ihn heiser sagen.

Er gab ihr einen Befehl, hatte sich das Recht genommen, ihr Befehle zu erteilen, hatte den Preis für dieses Recht bezahlt und war nun berechtigt, es zu nutzen. Sie sah ihm in die Augen. Sie waren ruhiger, als hätte er an Selbstbewußtsein gewonnen. Er gab ihr etwas, hatte einen Preis für sie bezahlt und konnte jetzt etwas von ihr fordern, alles von ihr fordern, selbst das Recht, ihr zu befehlen, das Päckchen zu öffnen. Sie verharrte regungslos.

Er stand auf und öffnete selbst das Päckchen. Er kam zu ihr herüber und hielt ihr eine Schachtel hin.

„Was sagen Sie dazu?"

Sie sah etwas auf rotem Samt glitzern.

„Ich habe keine Ahnung von sowas", sagte sie abweisend.

Er starrte sie erstaunt an.

„Das ist ein echter Diamant."

Er kam mit seinem Gesicht ganz nahe an sie heran, und sie sah seine Fischaugen, überzogen von einer dunklen Membran, die das sonst in Augen zu sehende Funkeln verbarg.

Er hatte vermutlich viel Geld dafür bezahlt, vielleicht hundert Pfund oder mehr, doch was sollte sie damit?

Sie machte sich nichts aus solchen Dingen, trug weder Ringe noch Armbänder oder Ketten. Wenn schon die Haut, die ihren Körper umgab, sie irritierte, wie konnte sie da noch andere Bänder um ihre Gliedmaßen schlingen? Wenn sie sich schon des Gewichts ihrer Muskeln und Knochen bewußt war, wie konnte sie da ihre Glieder noch mit metallenen Ketten behängen, ganz gleich welcher Art?

Er kam noch näher, wiederholte:

„Der Stein ist ein echter Diamant."

Sie lächelte schweigend. Er würde es nie verstehen. Für sie war ein echter Diamant wertlos. Was war der Unterschied zwischen ihm und einem Stück Blech oder Glas? Macht die Erde einen Unterschied zwischen den Dingen?

Jenes bekannte Flackern war in seine Augen zurückgekehrt.

„Über was für ein Geschenk würden Sie sich denn freuen?", murmelte er mit niedergeschlagener Stimme.

Sie wußte nicht, was sie antworten sollte. Was für Geschenke machte Farid ihr? Hatte Farid ihr je ein Geschenk gekauft? Sie konnte sich nicht erinnern, daß er ihr je etwas gekauft hätte. Es gab nichts, das käuflich gewesen wäre. Was sollte er denn kaufen? Seine Worte? Den Klang seiner Stimme? Das Leuchten seiner Augen? Die Wärme seines Atems und die Süße seiner Lippen?

Saati legte seine weiche, plumpe Hand auf ihre Schulter und fragte:

„Was kann ich Ihnen geben, um Sie glücklich zu machen?"

Die Muskeln in ihrer Schulter verkrampften sich, wollten das Gewicht seiner Hand abschütteln. Sie drehte sich um. Was konnte er ihr geben? Konnte er ihr den fehlenden Inhalt der Reagenzgläser geben? Konnte er ihr die verlorene Idee wiedergeben? Konnte er das ununterbrochene und sinnlose Dröhnen in ihrem Kopf verstummen lassen? Würde sie eines Tages den Hörer abnehmen und würde das Läuten unterbrochen und die Stimme des einen, den sie suchte, sie erreichen?

Sie schaute ihn an. Mit unsicheren Händen schob er die Schachtel in seine Tasche. Es gab nichts, was er tun konnte, was sollte sie ihm sagen? Mit gesenktem Kopf ging sie ein paar Schritte und sagte dann mit gepreßter Stimme:

„Gehen wir hinaus. Ich ersticke hier noch."

* * *

Der lange, blaue Wagen glitt durch die Straßen Kairos. Sie schwiegen, bis sie draußen vor der Stadt bei den Pyramiden ankamen und sie ihn beinahe brüsk sagen hörte:

„In Ihrem Leben gibt es ein Geheimnis, das ich nicht verstehe. Warum öffnen Sie mir nicht Ihr Herz?"

Sie warf ihm einen kurzen Blick zu, richtete dann ihre Augen auf die Weite der Wüste und erwiderte:

„Ich weiß nicht, ob es ein Geheimnis gibt in meinem Leben oder einen Sinn. Ich esse und schlafe, wie jedes Tier auch, und tue nichts, das jemandem von Nutzen wäre."

Er stieß einen Laut aus, halb Seufzer, halb Grunzen.

„Sind Sie immer noch in diesem Stadium?", fragte er.

„Was meinen Sie?"

„Dieses Stadium habe ich vor zwanzig Jahren hinter mich gebracht", sagte er und fuhr nach kurzem Schweigen fort:

„Aber ich entdeckte, daß das wirkliche Leben etwas anderes ist."

„Was meinen Sie?", fragte sei erneut.

Mit einer Grimasse antwortete er:

„Erhabene Prinzipien haben mich immer mit dem wirklichen Leben in Konflikt gebracht. Sie nannten mich einen Nonkonformisten."

„Wer, sie?", wollte sie wissen.

„Meine Kollegen an der Universität."

„Sie waren an der Universität?"

„Ich war ein Lehrer mit Prinzipien."

„Und was geschah dann?", fragte sie.

Er lachte kurz auf.

„Dann habe ich mich angepaßt."

Er wandte sich ihr zu, seine Augen blieben einen Moment lang ruhig, und er sagte:

„Das war die einzige Möglichkeit."

„Haben Sie Aufsätze veröffentlicht, während Sie an der Universität waren?", fragte sie interessiert.

„Insgesamt dreiundsiebzig."

„Dreiundsiebzig?", rief sie. „Wie? Das ist unmöglich!"

Er biß sich auf die Lippen.

„Es war ganz einfach. Ich habe nur meinen Namen druntergesetzt."

„Und der Wissenschaftler, der sie geschrieben hatte?",

brachte sie entsetzt hervor.

„War ein junger Mann, der es bis heute zu nichts gebracht hat", gab er zurück.

„Aber", rief sie, „haben Sie denn nicht eine einzige seriöse Studie selbst gemacht?"

„Unmöglich", sagte er einfach. „Um etwas gründlich zu erforschen, muß man sich lebenslang damit beschäftigen und verpaßt seine Chance auf das wirkliche Leben."

Sie schwieg und dachte mit erstarrtem Gesicht: Genau, was ich vermutet hatte, als ich ihn zum ersten Mal sah! Die Augen eines Diebes! Er hat dreiundsiebzig Veröffentlichungen gestohlen!

„Und was dann?", fragte sie.

„Dann wurde ich ein berühmter Professor", lachte er.

„Und weiter?"

„Des Menschen Ehrgeiz ist grenzenlos", meinte er lächelnd. „Dann ging ich in die Politik."

„Was verstehen Sie denn von Politik?"

„Alles. Es genügt, den Umgang mit den richtigen Leuten zu pflegen und in gebildeter Sprache Slogans zu wiederholen."

Voll Abscheu blickte sie auf seinen fleischigen Nacken.

„Und wie steht es jetzt mit Ihrer Selbstachtung?"

„Wann achtet man sich selbst, Fouda?", gab er zurück. „Selbstachtung entsteht nicht im luftleeren Raum. Sie entsteht aus der Achtung anderer. Und ich, ich bin Chef der Obersten Baubehörde, Vorsitzender der Ratsversammlung. Die Zeitungen schreiben über mich. Ich spreche im Radio und im Fernsehen und erteile anderen Anweisungen. Die ganze Welt achtet mich, warum sollte ich mich da selbst nicht achten!"

Er hielt am Straßenrand und sah ihr ins Gesicht.

„Glauben Sie mir, Fouada, ich achte mich selbst, aber mehr noch, ich glaube auch die Lügen, die ich den Menschen ins Gesicht sage. Ich habe mich daran gewöhnt, sie zu glauben, nachdem ich sie so oft und so überzeugend laut ausgesprochen habe. Was ist ein Mensch, Fouada? Was ist ein Mensch denn anderes als ein Haufen Gefühle? Und was sind Gefühle, wenn nicht die gesammelte Erfahrung eines Lebens? Sollte ich all diese Erfahrungen ignorieren und mich hinter Prinzipien und Theorien verstecken, die nichts mit der realen Welt zu tun haben? Sollte ich, zum Beispiel, mich verhalten wie Hassanain Effendi?"

Einen Moment lang verfiel er in Schweigen, als würden ihm alte Erinnerungen durch den Kopf gehen, dann fuhr er fort:

„Hassanain Effendi war einer meiner Kollegen an der Universität. Er glaubte, er habe eine neue Idee und machte sich daran, den wissenschaftlichen Nachweis zu erbringen. Er kaufte Reagenzgläser von seinem mageren Gehalt, lieh sich überall Apparaturen zusammen, und was geschah dann?"

„Was denn?", fragte sie beunruhigt.

Er sog an seiner Lippe.

„Seine Kollegen waren schneller als er und präsentierten oberflächliche Studien, um Förderung zu erhalten, und seine vorgesetzten Professoren waren wütend auf ihn, weil er sich weigerte, seinen Namen zu verkaufen. Schließlich wurde er unter irgendeinem Vorwand entlassen."

„Unglaublich!", rief sie und schüttelte den Kopf.

„Ich bin ihm vor ein paar Monaten auf der Straße begegnet", sagte er ruhig. „Er starrte vor sich hin, sah verwirrt aus und erkannte mich nicht. Er lächelte, zeigte seine gelben Zähne und aus seinen Schuhen lugten die Zehen hervor. Es war sehr schmerzlich. Hat irgend jemand Achtung vor Hassanain Effendi?"

„Ich habe Achtung vor ihm!", rief sie.

„Und wer sind Sie?", fragte er sehr sanft.

„Ich? Ich?", gab sie wütend zurück.

Sie merkte, wie ihr die Stimme versagte und die Luft

wegblieb. Sie öffnete die Wagentür und lief hinaus in die Wüste. Saati kam ihr nach, und sie hörte ihn sagen:

„Die Wahrheit ist bitter, Fouada, aber Sie müssen sie kennen. Ich könnte Sie belügen, nichts wäre einfacher. Das bin ich gewohnt und darin habe ich Übung, aber ich liebe Sie, Fouada, und ich möchte Ihnen Verwirrung und Kummer ersparen."

Er nahm ihre zarte, schlanke Hand in seine plumpe, fleischige und flüsterte:

„Ich liebe Sie."

Sie riß ihre Hand zurück und schrie wütend:

„Lassen Sie mich in Ruhe! Ich will nichts mehr hören!"

Er wandte sich ab und ging zum Wagen zurück. Sie ging in die Wüste hinaus und das Dröhnen in ihrem Kopf setzte wieder ein. Ja, sollte es doch weiterdröhnen. Die Stille war besser als jener Klang. Lieber das sinnlose, ununterbrochene Getöse in ihrem Kopf als jene Worte. Und du, Farid, du bist immer noch verschwunden. Was würdest du tun, wenn du hier wärest? Was würdest du tun? Was bewirkt ein Tropfen im Ozean? Was kann ein Tropfen im Ozean bewirken?

Sie breitete ihre Arme aus und umarmte die Leere. Ja, lieber die Leere, lieber das Nichts. Aber wie wurde man zum Nichts? Ihre Füße bewegten sich über den Sand, ihr Atem ließ ihre Lungen an- und abschwellen, ihr Herzschlag dröhnte nach wie vor in ihren Ohren.

Wie konnte ihr Körper sich in Nichts auflösen? Sie stampfte mit dem Fuß auf. Warum kann ich mich nicht in Nichts auflösen? Sie hielt die Luft an, um das Atmen zu unterbrechen, preßte die Hand auf ihr Herz, um sein Schlagen zu unterdrücken.

Es schien ihr, als ströme keine Luft mehr ein, als hebe und senke ihre Brust sich nicht mehr, als höre sie ihren Herzschlag nicht mehr. Sie lächelte. Sie hatte sich verflüchtigt. Doch etwas Schweres lag auf ihrer Brust, etwas Bitteres brannte in ihrer Kehle. Ein merkwürdiger, übler Geruch drang ihr in die Nase und eine fleischige Hand hielt die ihre. Sie versuchte, ihre Hand wegzuziehen, konnte sie aber nicht finden. Sie war verschwunden.

* * *

Sie öffnete die Augen und sah den Schrank, den Kleiderständer, das Fenster, die Decke mit dem unregelmäßigen Fleck und war bestürzt. Sie hatte sich also nicht aufgelöst? Dies war ihr Zimmer, dies ihr schwerer Kopf auf dem Kissen und dies ihr Körper, der sich mit seinem ganzen Gewicht und seiner ganzen Masse unter der Decke streckte. Dies war das Geräusch schlurfender Füße, die sich dem Zimmer näherten, und dies das braune, faltige Gesicht, das von der Tür her auf sie blickte. Sie sah die großen Augen auf sich gerichtet und hörte die kraftlose Stimme sagen:

„Was ist mit dir, Tochter? Was ist, Fouada?"

Sie schüttelte den Kopf und krächzte heiser:

„Nichts, Mama. Wenn ich nur tot wäre!"

„Warum, Fouada? Der Tod ist für alte Menschen wie mich. Früher haßtest du es sogar, wenn man ihn nur erwähnte."

„Farid", flüsterte sie.

„Was?", rief die Mutter erschrocken. „Ist Farid tot?"

„Nein, nein! Er ist nur weg, er wird zurückkommen", sagte sie schaudernd.

Sie verbarg den Kopf unter der Decke, schmeckte den bitteren, beißenden Geschmack im Mund. Woher kam er? Sie begann sich zu erinnern. Sie hatte in der Wüste gestanden und ins All gestarrt, hatte Saati hinter sich gespürt. Er hatte ihr den Arm um die Taille gelegt und seine Augen waren immer näher gekommen, größer und noch vorquel-

126

lender geworden. Sie hatte seine kalten Lippen auf den ihren gespürt, seine großen Zähne an den ihren. Ein merkwürdiger, metallischer Geruch war ihr in die Nase gestiegen, wie von verrostetem Eisen, und in ihrem Mund hatte sich bitterer Speichel gesammelt.

Ja, sie sah und fühlte es, aber nicht deutlich, nicht sicher. Alles bewegte sich in Zeitlupe und war so fern – wie ein Alptraum. Sie hatte versucht, ihn zu schlagen, doch ihr Arm wollte sich nicht heben.

Sie griff unter die Decke und betastete ihren Arm. Er war da und sie bewegte ihn, zog ihr Taschentuch unter dem Kissen hervor und spuckte immer wieder hinein. Doch die Bitterkeit blieb in ihrem Mund haften und sie hatte das Gefühl, sich übergeben zu müssen. Sie warf die Decke ab und lief ins Bad, aber der Drang, sich zu übergeben, war vergangen. Heftig, fast bösartig, bearbeitete sie ihre Zähne mit Bürste und Zahnpasta, gurgelte lange, doch die Bitterkeit brannte in ihrer Kehle und sickerte langsam nach unten.

Die schmale Hand der Mutter legte sich auf ihre Schulter.

„Was ist mit Farid geschehen, Fouada?"

Sie blickte auf. Ein merkwürdiger Ausdruck lag in den Augen ihrer Mutter und sie erschauerte.

„Ich weiß es nicht. Ich weiß es nicht. Laß mich allein, Mama."

Sie ging in ihr Zimmer zurück und setzte sich auf den Rand des Bettes, den Kopf in den Händen vergraben. Das Telefon läutete und sie schrak zusammen. Das mußte er sein. Seine gemeine, rauhe Stimme würde durch den Draht dringen. Sicher würde er kommen. Warum geriet die Erde nicht aus dem Gleichgewicht und riß das Telefon herunter und zerbrach es? Doch die Erde drehte sich fehlerlos, und das Telefon würde weder herunterfallen noch zerbrechen. Seine Stimme würde so sicher durch die Löcher des Hörers dringen, wie der Wind durch die Löcher in der Tür dringt. Er würde ohne jeden Zweifel kommen. Seine Bitterkeit würde in ihrer Kehle brennen und sein ekliger Geruch in ihre Nase dringen. Warum sich nicht anziehen und weglaufen?

Sie richtete mühsam ihren schweren Körper auf und zog sich an. Die Augen ihrer Mutter beobachteten sie schweigend, mit merkwürdigem Ausdruck. Sie stolperte zur Tür, hielt inne, sah die Mutter an... Sie sollte bei ihr bleiben – wollte bei ihr bleiben – doch sie öffnete die Tür und ging hinaus.

Sinnlos schleppte sie ihren Körper durch die Straßen. In ihrem Kopf war es ruhig, aber nicht auf diese friedliche, natürliche Art, sondern als sei er paralysiert, betäubt, als wären ihre Gehirnzellen mit Drogen ruhiggestellt.

Sie ließ ihre Füße allein den Weg bestimmen, ohne Anweisungen des Kopfes. Warum immer der Kopf? Warum saß der Verstand nicht in den Beinen? Der Kopf tut nichts anderes, als sich von den Schultern tragen zu lassen, trotzdem regiert und kontrolliert er, während die Beine alle Arbeit verrichten und zusätzlich den Kopf, die Schultern und den ganzen Körper tragen, ohne jemals die Kontrolle übernehmen zu dürfen. Wie im Leben. Jene, die arbeiten und schuften, regieren nicht, während sich die Köpfe weiterhin von Nacken und Schultern tragen lassen, die Früchte einheimsen und die Kontrolle ausüben.

Farids Worte, wieder einmal. Der Klang seiner Stimme, die Bewegung seiner Hand waren ihr immer noch im Gedächtnis. Warum? Wann war er verschwunden? Wie konnten seine Worte, seine Bewegungen sich immer wieder in ihren Kopf schleichen?

Sie ging am Blumengarten entlang. Der Duft des Jasmin wehte zu ihr herüber. Farids Atem in ihrem Gesicht, sein Geruch, seine Wärme und die Berührung seiner Lippen in ihrem Nacken waren ihr wieder gewärtig. Ihre bleiche Hand hob sich – wollte sein Gesicht berühren – blieb zitternd in der Luft hängen, fiel herab.

Der Nil war wie immer, träge, ewig und unendlich; sein langer, gekräuselter Körper wand sich schlaff in seinem Bett wie eine alte Hure, verkommen, zufrieden und ohne Sorgen. Fouada schaute sich um. Alles war verkommen, zufrieden und ohne Sorgen. Und sie? Konnte sie denn nicht auch ohne Sorgen sein – sorglos? Konnte sie nicht einer dieser mumifizierten Köpfe im Büro werden? Konnte sie ihren Namen denn nicht auch unter eine Studie setzen, die sie nicht gemacht hatte, wie es jene Durchtriebenen, Erfolgreichen tun?

Ihre Augen suchten den Himmel und die Erde ab. Was hatte sie am Anfang gewollt? Sie hatte nichts gewollt, weder Erfolg noch Glanz. Sie hatte nur gefühlt – gefühlt, daß etwas in ihr war, das andere nicht hatten. Sie würde nicht nur einfach leben und sterben, ohne daß die Welt sich veränderte. Sie hatte etwas in ihrem Kopf gespürt, den Ansatz einer einzigartigen Idee, doch wie sollte sie die Idee zur Welt bringen? In ihrem Kopf war sie wach und lebendig, plagte sich, doch sie kam nicht heraus, schien wie von einer dicken Mauer, dicker als die Knochen ihres Schädels, umschlossen.

Sie bestand nur aus Gefühl, doch wie sonst entsteht etwas Neues? Wie hatten all die Entdecker, die Wissenschaft und Geschichte veränderten, begonnen? Geht nicht alles von Gefühlen aus? Und was sind Gefühle? Eine obskure Idee, eine mysteriöse Bewegung in den Gehirnzellen. Ja. Steht am Anfang nicht immer eine mysteriöse Bewegung in den Gehirnzellen? Warum sich also über Gefühle lustig machen? Warum sie leugnen? Als sie Saati das erste Mal sah, hatte sie da nicht das Gefühl gehabt, er sei ein Dieb? Hatte ihr Gefühl sie betrogen, was das hochragende Gebäude und den großen Wagen anging? Hatten die Oberste Baubehörde und die Ratsversammlung und die Zeitungsartikel ihr erstes Gefühl verändert? Hatte sie nicht trotz all dem weiter das Gefühl, er sei ein Dieb? Hatten ihre Gehirnzellen nicht die unsichtbare Lüge in der Unbeständigkeit seiner vorquellenden Augen erfaßt? Warum also die Gefühle ignorieren?

Sie blieb stehen und fragte sich, ob sie jemals zuvor ihre Gefühle angezweifelt hatte. Wann hatten die Zweifel begonnen? Wann? Sie schaute sich um und erblickte die Tür zu dem kleinen Restaurant und erinnerte sich. Es war in jener Nacht, jener dunklen, windigen Nacht, als sie das Restaurant betrat und den leeren, ungedeckten Tisch sah, den der Wind von allen Seiten packte wie einen sich wiegenden Baumstumpf.

Ihre Füße näherten sich zögernd der Tür des Restaurants. Sollte sie hineingehen? Was würde sie vorfinden? Vielleicht, vielleicht würde sie ihn finden, vielleicht war er zurückgekommen. Ihr Füße bewegten sich langsam, Schritt für Schritt, auf die Tür zu. Sie hielt inne, atmete tief durch und betrat mit zitternden Knien und wild schlagendem Herzen den langen, von Bäumen gesäumten Gang. Sie würde aus dem Gang kommen und auf den Tisch blicken und ihn nicht sehen. Es war besser, gleich umzukehren. Ja, lieber umkehren... und doch war da die Hoffnung, daß er da war, leicht vornübergebeugt am Tisch saß mit seinem dichten schwarzen Haar, den immer leicht geröteten Ohren, seinen leuchtenden braunen Augen, in denen sich dieses Seltsame bewegte, das sie wahrnahm, ohne es zu sehen, das ihn zu *ihm* machte, seine Individualität, seine besonderen Worte, seine Gedanken und sein Geruch, die ihn zu Farid machten und nicht einen von Millionen anderer Männer sein ließen.

Sie drehte sich um, wollte zurückgehen, doch ihre Füße trugen sie vorwärts zum Ende des Ganges, dann nach links. Einen Augenblick blieb sie mit gesenktem Kopf stehen, unfähig, aufzuschauen. Dann hob sie den Kopf und ihre Augen trafen auf eine Ziegelmauer. Der Tisch, alles, war verschwunden, nur eine niedrige Mauer war zu sehen, wie man sie um die Toten errichtet.

Hinter sich hörte sie eine leise Stimme fragen:

„Möchten Sie Fisch?"

Sie fuhr herum und sah vor sich eine Frau, die ein Kind trug. Nicht ein Kind, eher ein winziges Skelett, dessen zahnloser Mund nach der welken Brust suchte, die wie ein Streifen Leder am Brustkorb der Frau hing. Die Frau sah sie durch halbgeschlossene, verklebte Augen an und wiederholte mit erschöpfter Stimme:

„Möchten Sie Fisch?"

Fouada schluckte die Bitterkeit in ihrem Mund hinunter und sagte abwesend:

„Hier war doch immer ein kleines Restaurant."

„Ja", erwiderte die Frau, „aber der Besitzer hat sein Geld verloren und zugemacht."

„Und wer hat es übernommen?", fragte sie.

„Die Stadt."

„Wer hat diese Mauer errichtet?"

„Die Stadt", antwortete die Frau.

Nachdenklich betrachtete Fouada den weiten Himmel und fragte:

„Warum ist sie errichtet worden?"

Die Frau zerrte an ihrer trockenen Brust, schob sie dem Kind in den Mund und sagte:

„Mein Mann sagt, die Stadt hat die Mauer errichtet, um ihren Namen darauf zu schreiben."

Und sie fügte hinzu: „Möchten Sie Fisch?"

Fouada lächelte matt.

„Heute nicht. Vielleicht ein andermal."

Sie verließ den Ort durch die kleine Tür und ging die Straße entlang. Es gab keine Hoffnung mehr, nichts mehr, nur eine Ziegelmauer, eine niedrige Ziegelmauer, zu nichts anderem nutze, als die Namen der Toten zu tragen.

Ja, es gab nur noch die Mauer. Nichts sonst? Nichts. Alles hatte sich aufgelöst, wie ein Traum, der verblaßt. Was war der Unterschied zwischen Traum und Wirklichkeit? Hätte er nur eine Nachricht in seiner Handschrift hinterlassen, würde sie es wissen; ein Stückchen Papier mit Buchstaben darauf hätte sie unterscheiden lassen können zwischen Traum und Wirklichkeit, während sie mit ihrem Kopf und ihren Armen und Beinen es nicht konnte.

Ärgerlich schüttelte sie den Kopf. Er war schwer wie ein Stein, als wäre auch er zu einer Mauer geworden. Nichts sonst? Nichts außer einer leeren Mauer, die ein Echo zurückgab, Gehörtes und Gelesenes zurückgab? Konnte die Mauer nichts Eigenständiges von sich geben? Hatte sie nie etwas Neues gesagt... etwas, das vor ihr noch nie jemand gesagt hatte? Ging von ihr nicht dieses ununterbrochene Dröhnen aus, wenn alles still war?

In ihrem Kopf begann das Dröhnen. Sie setzte sich auf ein Mäuerchen und stützte ihn in die Hände. Eine Sekunde blieb sie mit gesenktem Kopf sitzen, dann hob sie ihre müden Augen zum Himmel. War alles nur ein Traum? Waren ihre Gefühle Illusion? Wenn ihre Gefühle trogen, was war dann die Wahrheit? Woran sollte sie glauben? An einen Namen, der auf eine Mauer geschrieben war? Einen Namen unter einer Studie? Ein gedrucktes Wort aus der Zeitung?

Der Himmel... war er die höchste aller Mauern? Schweigend wie jede andere Mauer? Sie hob die Hand und sagte sie laut:

„Bist du eine Mauer? Warum schweigst du?"

Ein Mann, der die Straße entlang kam, starrte sie an und trat näher, betrachtete sie aus zusammengekniffenen, schwarzen Augen, lächelte schräg und sagte:

„Ich zahl nicht mehr als einen Riyal. Deine Beine sind zu dünn."

Erschreckt schaute sie ihn an, schob mühsam ihren schweren Körper von der Mauer und ließ sich gedankenlos von ihren Beinen nach Hause tragen.

* * *

Die Wohnungstür stand offen, das Wohnzimmer war voller Menschen. Bekannte und unbekannte Gesicher starrten ihr neugierig entgegen. Sie vernahm ein lautes Geräusch, wie einen Schrei, und sah vor sich ein Gesicht, dem ihrer Mutter ähnlich, nur ohne die Falten. Es war ihre Tante Souad, die, den fetten Körper in ein enges, schwarzes Kleid gezwängt, „Fouada!" schrie.

Sie schlang ihre kurzen, fetten Arme um Fouada. Sie wurde von vielen Frauen umringt, deren Stimmen zu einem Schrei verschmolzen, während Duftwolken aus ihren schwarzen Kleidern aufstiegen. Halb erstickt stieß sie die fetten Leiber von sich weg und rief laut:

„Laßt mich zufrieden!"

Die Frauen zogen sich verwirrt zurück. Mit schweren Schritten ging sie langsam in das Zimmer ihrer Mutter. Sie lag auf ihrem Bett, Gesicht und Körper waren bedeckt. Furchtsam trat Fouada näher und streckte vorsichtig ihre Hand aus, um die Decke zurückzuziehen. Der in das weiße Tuch gehüllte Kopf ihrer Mutter kam zum Vorschein, das Gesicht war faltig, die Augen geschlossen, der Mund fest zusammengepreßt, kleine goldene Ringe hingen in den Ohren. Sie schlief wie gewohnt, nur war kein Atem wahrzunehmen. Fouada sah suchend in das Gesicht. Die Züge veränderten sich nach und nach, als ob sie einfielen und sich über die Knochen zurückzogen, als ob das Blut abliefe.

Ihr Körper erschauerte. Das Gesicht ihrer Mutter war zu dem einer steinernen Statue geworden, strahlte eine unheimliche Kälte aus. Zitternd legte sie die Decke wieder über den Kopf. Ununterbrochen und schrill drangen die Schreie an ihr Ohr. Verwirrt stolperte sie hinüber in ihr Zimmer, doch auch das war voller Gesichter, die sie nicht kannte. Sie ging ins Wohnzimmer. Fremde Augen umringten sie und schlossen sie ein. Schreie gellten in ihrem Kopf. Ohne sich dessen bewußt zu sein, ging sie zur Tür, blieb kurz stehen, lief dann die Treppe hinunter und rannte auf die Straße.

Sie wußte nicht, wohin sie rannte, rannte nur einfach, warf immer wieder Blicke über die Schulter, als würde sie von einem Geist verfolgt. Sie wollte fliehen, irgendwohin weit weg, wo niemand sie sehen konnte. Aber er ließ sie nicht entkommen. Er sah sie die Straße hinunterlaufen, stoppte den blauen Wagen und lief hinter ihr her. Er packte sie am Arm und fragte:

„Fouada, wohin laufen Sie?"

Schwer atmend blieb sie stehen und sah seine vor-gewölbten Augen hinter den dicken Gläsern schwimmen. Mit verwirrter Stimme antwortete sie:

„Ich weiß es nicht."

„Ich habe vor einer Stunde bei Ihnen angerufen", sagte er, „und es erfahren."

Mit gesenktem Kopf fuhr er fort:

„Ich kam, um Ihnen mein Beileid auszusprechen."

Das Gellen der Schreie noch in den Ohren, sich des Starrens der fremden Augen von allen Seiten noch bewußt, fuhr sie herum, schlug die Hände vors Gesicht und brach in Tränen aus. Saati half ihr zum Wagen, der sie durch die Straßen trug. Am Horizont verblaßten die letzten Strahlen der Sonne. Graue, tränengefüllte Wolken breiteten sich über den Himme aus. Der Wagen erreichte das offene Land, und die Wüste glühte im Scheinwerferlicht. Sie erinnerte sich an das Gesicht ihrer Mutter heute morgen und den Blick, als sie das Haus verließ. Ein seltsamer Ausdruck war in ihren Augen gewesen, ein Flehen, bei ihr zu bleiben, doch sie hatte diesen Ausdruck nicht so deutlich erkannt wie jetzt. Oder hatte sie ihn doch erkannt und bewußt oder unbewußt so getan, als sähe sie ihn nicht? Sie hatte oft so getan, als sehe sie die schweigenden Blicke nicht, hatte sie oft ganz einfach ignoriert. Sie hatte sich beeilen und hinaus wollen. Warum war sie in Eile gewesen? Warum wollte sie weg? Wohin war sie gegangen? Warum war sie nicht bei ihr geblieben an ihrem letzten Tag? Sie war allein gewesen, vollkommen allein. Hatte sie nach ihr gerufen und niemand hatte sie gehört? Hatte sie um Wasser gebeten und niemand hatte es ihr gebracht? Warum hatte sie sie an ihrem letzten Tag allein gelassen? Würde dieser Tag noch einmal wiederkehren?

Die Tränen liefen ihr in die Nase und die Kehle, sie öffnete den Mund und rang schluchzend nach Luft. Der Wagen hatte angehalten. Saati neben ihr schwieg, betrachtete ihr langes bleiches Gesicht und starrte ihr unverwandt in die grünen, schmerzerfüllten Augen. Seine plumpe Hand griff nach ihren zitternden schlanken Fingern.

„Seien Sie nicht traurig, Fouada. So ist das Leben nun mal. Es gibt kein Leben ohne Tod."

Nach kurzem Schweigen sagte er:

„Was nützt es, traurig zu sein? Es macht Sie nur krank. Ich bin nie traurig, und wenn es mich doch mal überkommt, denke ich an etwas Fröhliches oder höre beruhigende Musik."

Er streckte die Hand aus und schaltete das Radio ein. Tanzmusik erklang. Die Tränen gefroren zu einem Klumpen in ihrer Kehle, und da sie meinte, ersticken zu müssen, öffnete sie die Tür und schritt in die Wüste hinaus. Im kühlen Wind spannten sich ihre Muskeln, doch ihr Körper blieb schwer. Sie bewegte die Beine, um das schwere Gewicht abzuschütteln, aber es drückte sie nieder. Sie öffnete den Mund, wollte schreien, den Klumpen aus ihrer Kehle auswürgen, doch die Muskeln ihres Mundes arbeiteten und würgten doch nichts aus. Der Klumpen glitt in ihren Hals, und dessen Muskeln arbeiteten, glitt weiter in ihre Brust und ihren Bauch; und auch diese Muskeln begannen zu arbeiten. Und als wäre er eine vielköpfige Schlange, glitten tausend Tentakel des Klumpens durch ihren Körper, bis sich all ihre Muskeln in schnellen, heftigen Zuckungen krampfhaft dehnten und zusammenzogen. Immer verzweifelter wurde ihr Wunsch, sich von diesem sie erstickenden, kriechenden Ding in ihrem Körper zu befreien.

Die Musik aus dem Autoradio hallte durch die Stille der Wüste. Ihre Ohren waren taub, doch die Luft war erfüllt von der Musik, die mit jedem Atemzug in sie eindrang. Sie keuchte und wollte stehenbleiben, ganz still sein, doch ihre Muskeln ignorierten ihr Bewußtsein, und ihr Körper begann sich zur Musik zu bewegen, immer schneller, entlud das Gift der aufgestauten Energie und schwelgte unbewußt in der Freude am Tanzen.

Ja, sie hatte die bewußte Kontrolle verloren und gab sich dem Entzücken der heftigen Bewegung hin, doch ein kleiner Punkt in ihrem Kopf, vielleicht nur eine einzige Gehirnzelle, nahm alles noch bewußt wahr. Diese Zelle wußte immer noch, daß sie in der Wüste war, daß Saati neben ihr stand, daß große Traurigkeit sie erfüllte, daß ihre Mutter tot, Farid verschwunden, die Forschungsidee verloren, ihre Arbeit im Ministerium sinnlos war.

Sie schüttelte mit aller Kraft den Kopf, um sich von dieser einen bewußten Zelle zu befreien, doch die wollte sich nicht vertreiben lassen. Sie hatte Halt gefunden, war geronnen und begann, in ihrem Kopf herumzurasseln und wie ein spitzes Steinchen durch ihre trägen Gehirnzellen zu rasen.

Plötzlich hörte die Musik auf. Vielleicht war sie zu Ende oder Saati hatte das Radio abgeschaltet. Ihr Körper sank atemlos und schweißüberströmt in den Sand. Wann hatte sie das letzte Mal derart geschwitzt? Wann hatte sie das letzte Mal so wild, so hemmungslos getanzt? Theodorakis gehört? Wann hatte Kazantzakis zum letzten Mal gesagt, nur der Wahnsinn zerstört? Farid hatte gegen den Wahnsinn gekämpft. Er hatte gesagt, daß der Wahnsinn eines Einzelnen Einkerkerung oder Tod bedeutet, wogegen der Wahnsinn von Millionen... Was bedeutete der Wahnsinn von Millionen? Farid? Wissen und Hunger, hatte er gesagt. Hunger ist vorhanden, nur an Wissen fehlt es. Und warum haben sie kein Wissen, Farid? Woher sollten sie es haben, Fouada, wenn alles um sie herum entweder schweigt oder lügt?

Sie öffnete die Augen. Sie lag im Sand neben einem großen Fleischklumpen mit vorquellenden Augen, von denen etwas Falsches und Diebisches ausging. Sie hörte eine rauhe Stimme sagen:

„Der wundervollste Tanz, den ich je gesehen habe und die schönste Tänzerin, die es gibt."

Seine Arme waren um sie geschlungen, ein rostiger, metallischer Geruch drang ihr in die Nase und ihr Speichel war bitter und ätzend. Sie sah seine vorgewölbten Augen größer werden, sie mit merkwürdigem, furchterregendem Ausdruck noch stärker hervorquellen. Von Panik erfaßt, wand und drehte sie sich, doch um sie herum war nur Wüste und Dunkelheit. Sie versuchte zu atmen, bekam aber keine Luft und stieß ihn mit aller Kraft fort, sprang auf und rannte davon. Er rannte hinter ihr her.

Vor ihr die sich ausbreitende Dunkelheit, hinter ihr der fischäugige Schatten, der sie verfolgte. Ihr war, als würde sich die flache Wüste vor ihr zu zwei großen, vorquellenden Augen aufwerfen, während sie in einem langen, engen Graben zwischen ihnen hindurchrannte. Die schwarze, gewölbte Himmelskuppel war ebenfalls zu großen, vorquellenden Augen geworden, die über ihr dräuten und sie niederdrückten. Sie stieß gegen etwas Rundes, Festes, fiel zu Boden und verlor das Bewußtsein.

Verlor das Bewußtsein bis auf jene eine, bewußte Zelle, in der ihre fünf Sinne gebündelt waren. Sie konnte immer noch sehen, hören, fühlen, schmecken und riechen. Sie fühlte die plumpe, fleischige Hand auf ihrer Brust, nahm den rostigen, metallischen Geruch wahr, schmeckte bitteren, ätzenden Speichel.

Die weiche Hand war zu rauhen, zitternden Fingern geworden. Das Zittern verharrte nicht an einer Stelle, sondern kroch tiefer, zu ihrem Bauch und zu ihren Schenkeln. Sie sah seinen dicken, faltigen, fleischigen Hals, der war wie der Stumpf eines alten Baumes, aus dem kleine schwarze Knospen ragten, die sich hätten entwickeln und sprießen können, doch stattdessen abstarben und vermoderten. Sein aufgeknöpftes Seidenhemd enthüllte eine haarlose, fleischige Brust, ein geöffneter Ledergürtel hing um den aufgeblähten Bauch, von dem ein Paar dünne, haarlose Beine herabbaumelten. Sein Bauch hob und senkte sich mit seinen krampfhaften Atemstößen, und aus seinem Inneren kam ein merkwürdiges, gedämpftes Rasseln, wie das Stöhnen eines kranken Tieres.

Eine seltsame, schwere Kälte hüllte ihren Körper ein, eine Kälte, die sie nur einmal zuvor gespürt hatte. Sie hatte auf einem Ledertuch gelegen, umringt von metallenen Instrumenten – Skalpellen und Spritzen und Scheren. Der Arzt hatte eine große Spritze genommen und ihr die Nadel in den Arm gestoßen. Die gleiche schwere Kälte war durch ihren Körper geschossen, als hätte man sie in ein Eisbad geworfen, in dem ihr Körper immer schwerer wurde und schließlich versank.

Nur hatte sie jetzt kein Wasser unter sich, sondern etwas Weiches... wie Sand. Kalte Luft strömte in ihr zerknittertes, verrutschtes Kleid, heißer, bitterer Speichel sammelte sich in ihrer Kehle, ein Geruch nach etwas Altem und Rostigen drang in ihre Nase. Eine keuchende, bebende Masse, deren dünne, schlaffe Beine zitterten, lag neben ihr. Sie versuchte, den Mund zu öffnen und auszuspucken, aber es ging nicht. Ihre Augen wurden schwer und fielen zu.

* * *

Sie öffnete die Augen und sah Tageslicht durch die Ritzen der Fensterläden strömen. Verwirrt schaute sie sich um. Alles in ihrem Zimmer war ganz normal, der Schrank, der Kleiderständer, das Fenster, die Decke und der unregelmäßige Fleck. Sie hörte schlurfende Schritte durch das Wohnzimmer näherkommen. Sie sah auf die Tür und erwartete, daß das Gesicht ihrer Mutter dort auftauchte, doch die Zeit verstrich, und nichts geschah. Sie erinnerte sich und sprang aus dem Bett. Zitternd ging sie in das Wohnzimmer und näherte sich ängstlich der Tür des Zimmers ihrer Mutter. War alles nur ein Traum? Oder war sie wirklich tot? Sie steckte ihren Kopf durch die Tür, sah das leere Bett und wich ängstlich zurück. Sie ging in die Küche, ins Eßzimmer, ins Bad, doch ihre Mutter war nirgends. Taumelnd lehnte sie den Kopf gegen die Wand. Ein Klumpen wirbelte durch ihren Schädel und stieß gegen die Knochen. Etwas Bitteres brannte in ihrer Kehle. An der Wand entlang stolperte sie zum Waschbecken und wollte ausspucken, doch das Bittere drückte auf ihren Magen und sie übergab sich. Der obszöne, rostige Geruch kam aus ihrem Mund, ihrer Nase, ihren Kleidern. Sie zog sich aus, stellte sich unter die Dusche und schrubbte ihren Körper mit einem Luffaschwamm und Seife ab, doch der Geruch blieb an ihr hängen. Er war in ihre Poren eingedrungen, in ihre Zellen und ihr Blut.

Immer noch Halt an der Wand suchend, kehrte sie in ihr Zimmer zurück. Sie schaute sich ruhelos im Zimmer um, und ihre Augen blieben am Gesicht ihrer Mutter auf dem Foto neben dem Kleiderschrank hängen. Ihre Mutter schien sie mit ihren großen, gelb verschleierten Augen anzusehen, sie erschöpft anzuflehen, bei ihr zu bleiben. Sie bedeckte ihr Gesicht mit den Händen. Würde ihre Mutter nie diesen anklagenden Blick verlieren? Hatte sie nicht gebüßt für ihre Sünde? War sie nicht voll dieses brennenden, bitteren Geschmacks? War ihr Körper nicht durchtränkt von diesem durchdringenden Geruch nach altem Rost? Gab es größeren

Schmerz als den ihren? Was war Schmerz? Wie empfanden Menschen Schmerz und Trauer? Mit einem lauten Schrei, der die Stimme befreit und aufgestauten Gefühlen Luft macht? Mit schwarzen Kleidern, die, weil sie neu sind, den Körper erfrischen? Mit Festmahlen und frisch geschlachtetem Fleisch, das den Appetit anregt und den Magen füllt? Gab es eine tote Mutter, der mehr Trauer zuteil wurde? Gab es je eine Mutter, deren Tochter nach ihrem Tod Gift schluckte? War der Tod einer Mutter je großartiger gewesen? Hatte eine Tochter sich je dankbarer erwiesen?

Etwas ruhiger geworden, legte sie sich ins Bett und streckte ihre Arme und Beine aus, doch immer noch lastete die Schwere auf ihrem Körper, immer noch brannte die Bitterkeit. Wann, wann würde diese Schwere nachlassen und diese Last von ihr genommen?

Das Telefon läutete. Das war er. Niemand sonst. Nur er war geblieben. Nichts war ihr geblieben, außer täglich ihre Giftration zu schlucken. Das ätzende Brennen würde ihr Inneres zerfressen, ihren Körper mit altem, alles durchdringendem, kalten Rost durchsetzen. Nur ein langsamer Tod war ihr geblieben.

Sie streckte ihre schmale Hand aus und nahm den Hörer ab. Die rauhe, ölige Stimme erreichte sie:

„Guten Morgen, Fouada. Wie geht es dir?"

„Ich lebe", sagte sie teilnahmslos.

„Was machst du heute Abend?"

„Ich weiß nicht", sagte sie. „Mir ist nichts geblieben."

„Was ist mit mir? Ich bin geblieben."

„Ja", erwiderte sie, „nur du bist geblieben."

„Ich hole dich um halb neun im Labor ab", sagte er.

* * *

Als sie aus der Tür ging, bemerkte sie etwas, etwas weiß Schimmerndes hinter der Glasscheibe. Sie ging zurück und starrte in den Briefkasten. Ein Brief war darin. Ihr Körper begann zu zittern. Sie öffnete den Briefkasten und nahm mit langen, zitternden Fingern den Brief heraus. Sie starrte auf die großen eckigen Buchstaben mit dem vertrauten Schwung. Ihr Herz schlug schmerzhaft. Das war Farids Handschrift... Traum oder Wirklichkeit? Sie sah die Treppe, die Tür und den Briefkasten. Sie streckte die zitternde Hand aus und berührte ihn. Ja, er war wirklich, war anfaßbar. Sie betastete den Brief. Richtiges Papier mit eigenem Volumen. Sie berührte ihre Augenlider. Sie waren offen.

Sie drehte den Brief um, untersuchte ihn von allen Seiten. Nur ihr Name und ihre Adresse standen auf dem Umschlag. Sie hielt ihn an die Nase und sog diesen besonderen Geruch von Papier und Briefmarke ein. Sie öffnete den Umschlag und zog einen langen, engbeschriebenen Bogen heraus:

Fouada...

Wie viele Tage sind vergangen seit unserem letzten Treffen, seit jener kurzen Nacht, die den ersten Winterwind brachte. Du bist mir gegenüber gesessen, hinter dir der Nil, in deinen Augen war das seltsame Glitzern, das bedeutete: „Ich muß dir etwas sagen, etwas Neues", und deine schlanken Finger trommelten leicht auf den Tisch, mit einer Ruhe, unter der sich ein Vulkan verbarg. Du schwiegst und ich wußte, du littest Qualen. Nach langem Schweigen sagtest du: „Was meinst du, Farid? Soll ich das Ministerium verlassen?" Ich verstand. Damals wolltest du, daß ich sage: „Ja, verlaß das Ministerium, komm mit mir." Doch, du erinnerst dich, ich sagte nichts. Ich fühlte immer, daß du eine andere Aufgabe hast als ich. Deine Aufgabe ist es, Neues zu schaffen, wenn dir die Möglichkeit dazu gegeben wird; meine Aufgabe dagegen ist es, die Möglichkeiten zu schaffen, daß Menschen Neues schaffen können. Und was ist neu? Die Veränderung des Alten? Und wie entsteht Veränderung?

Durch Denken, nicht wahr? Erinnerst du dich an den kleinen Jungen, der immer an die Tische des Restaurants kam? Erinnerst du dich an seine rissige Hand, die er nach einem Stück Brot oder einem Piaster ausstreckte? Die Leute bedauerten ihn und gaben ihm den Piaster, ohne nachzudenken. Wenn sie doch nur einmal daran gedacht hätten, was ein Piaster ausrichten kann! Wenn sie doch nur einmal darüber nachgedacht hätten, warum er hungrig war! Ja, Fouada, es ist das Denken, der dem Kopf entspringende Gedanke. Entspringt er dem Kopf aber, ohne sich auszudrücken?

Deine Aufgabe ist es, den Gedanken zu schaffen, meine, dafür zu sorgen, daß er sich ausdrückt. Als Einzelner kann ich nichts ausrichten. Meine Aufgabe ist weder so leicht noch so überzeugend, wie es sich anhört. Es ist eine Art Wahnsinn, denn wie sollen unterdrückte, zum Schweigen gebrachte Münder sprechen? Wie kann eine Stimme feste Steinmauern durchdringen? Es ist eine Art Wahnsinn, doch der Wahnsinn des Einzelnen kann nichts ausrichten, nur der kollektive Wahnsinn... Erinnerst du dich an unser altes Gespräch?

Gut, ich bin nicht allein. Es gibt andere. Alles, was wir haben, ist jene simple, gefährliche Aufgabe und sind jene einfachen, natürlichen Worte, die mit dem ersten Menschen entstanden... denken und sprechen. Nur diese Worte haben wir, sprechen sie aus, schreiben sie auf. Keine Kanonen, keine Gewehre oder Bomben. Nur Worte.

Nachdem wir uns in jener kurzen Nacht trennten, ging ich allein die Nil-Straße entlang, dachte über dich nach, war mir deiner Qual bewußt, fühlte, daß tief in dir eine neue Idee darum kämpfte, geboren zu werden, allein gegen eine hohe Mauer ankämpfte... im Ministerium, zu Hause, auf der Straße und in deinem Kopf. Ja, Fouada, auch in deinem Kopf ist eine Mauer, eine Mauer, mit der du nicht geboren wurdest, die sich aber Tag für Tag durch das Schweigen aufbaute. Ich sagte mir in jener Nacht, während ich so dahin ging: „Es ist nur eine niedrige Mauer, sie wird fallen, wenn endlich auch alle anderen Mauern fallen."

Ich kam nicht bis nach Hause. Ein Mann stellte sich mir in den Weg. Ich glaube, er war nicht allein, da waren noch andere, viele vielleicht, alle bewaffnet. Ich hatte nichts. Du erinnerst dich, ich trug ein braunes Hemd und braune Hosen. Sie durchsuchten meine Taschen und fanden nichts. Steckt man Worte in die Tasche? Sie ergriffen mich und legten mich in Eisen, doch die Worte wurden vom Wind davongetragen. Kann man den Wind einfangen und in Eisen legen?

Die Mauern umschließen mich, doch du bist bei mir. Ich fühle deine schmale, weiche Hand auf meinem Gesicht und sehe deine grünen Augen in die meinen schauen, sehe den eingesperrten neuen Gedanken darin, der geboren werden möchte, aber nicht kann. Trauere nicht, Fouada, und weine nicht. Die Worte fliegen im Wind über die Mauern, voller Leben, und dringen mit jedem Atemzug in die Herzen ein. Der Tag wird kommen, an dem die Mauern fallen und die Stimmen wieder frei sind, zu sprechen.

Farid

Nawal el Saadawi bei CON

Tschador
Frauen im Islam
224 Seiten, 24,80 DM

Das erste Buch von Nawal el Saadawi in deutscher Sprache. Der thematische Bogen ist sehr weit gespannt: von sexueller Agression gegen Mädchen über Klitoris-Beschneidung bis zu Liebe und Sexualität im Leben der Araber oder Ehe und Scheidung. Die persönlichen Beziehungen stellt die Autorin stets im gesamtgesellschaftlichen Kontext dar, der in erster Linie geprägt ist durch den Islam in seiner chauvinistischen Auslegung, den Kolonialismus und neokolonialistische Beziehungsgeflechte.
„Das Standartwerk zum Thema." *(Emma)*

Der Sturz des Imam
Roman
192 Seiten, gebunden mit Schutzumschlag, 34,00 DM

„Diese Erzählung gleicht keiner mir bekannten: Sie ist wie ein Gedicht, eine Ballade der Trauer. ...in hypnotisierenden Wiederholungen kreist sie um den Augenblick, als eine Frau im Namen des Glaubens von Männern getötet wird, die sie mißbraucht haben. Ein wunderbares Buch, ich hoffe, es wird von vielen gelesen." *(Doris Lessing)*

Kein Platz im Paradies
Kurzgeschichten
144 Seiten, engl. Broschur, 26,00 DM

Bissig, ironisch, witzig, bisweilen wütend beschreibt die Autorin in diesen Kurzgeschichten Begebenheiten des alltäglichen Lebens, Beziehungen zwischen Männern und Frauen und immer wieder die von Einflüsse Religion, Tradition, Moral auf dies Leben und diese Beziehungen, wobei sie sich als scharfe Beobachterin erweist.